Comment cuisiner et dévorer les enfants

Keith McGowan a été éducateur, puis enseignant en mathématiques et en sciences, notamment en Haïti. Grand voyageur, il a commencé à écrire *Comment cuisiner et dévorer les enfants* en Inde, en contemplant les montagnes de l'Himalaya, et a continué à Boston, à La Nouvelle-Orléans, à Chicago, puis à Vienne, en Autriche, où il vit maintenant avec son épouse. Ce roman est son premier pour les jeunes lecteurs.

Alexandra Huard est une toute jeune illustratrice. Elle a été primée au festival d'illustration de Bologne avant même d'avoir quitté l'école Émile-Cohl. Depuis, elle a illustré plusieurs albums publiés par Sarbacane, Tourbillon, Nathan et Bayard.

Pour Angelika
K. M.

À ma sœur Caroline, la plus sage des enfants…
A. H.

Ouvrage originellement publié
par Henry Holt Books for Young Readers (New York, USA)
sous le titre *The Witch's Guide to cooking with Children*
© 2009, Keith McGowan
© 2012, Bayard Éditions pour la traduction et les illustrations
Tous droits réservés. Reproduction, même partielle, interdite.
Extrait de *Hänsel et Gretel* traduit par Jacqueline Lemaire
et Christiane Lapp (éditions Duculot, 1979 / © Casterman).

Loi n° 49-956 du 16 juillet 1949 sur les publications destinées à la jeunesse.
Dépôt légal : janvier 2012
ISBN : 978-2-7470-3278-0

Keith McGowan

Comment cuisiner et dévorer les enfants

Traduit de l'anglais (États-Unis) par Karine Suhard-Guié
Illustré par Alexandra Huard

bayard jeunesse

... Die Alte aber wackelte mit dem Kopfe und sprach : « Ei, ihr lieben Kinder, wer hat euch hierher gebracht ? Kommt nur herein und bleibt bei mir, es geschieht euch kein Leid. »

Sie faßte beide an der Hand und führte sie in ihr Häuschen...

Hänsel und Gretel legten sich hinein und meinten, sie wären im Himmel.

Die Alte hatte sich nur so freundlich angestellt, sie war aber eine böse Hexe, die den Kindern auflauerte, und hatte das Brothäuslein bloß gebaut, um sie herbeizulocken. Wenn eins in ihre Gewalt kam, so machte sie es tot, kochte es und aß es, und das war ihr Festtag.

Extrait de *Hänsel et Gretel*

de Jacob et Wilhelm Grimm

... La vieille dodelina de la tête et dit : « Eh bien, mes chers enfants, qui donc vous a amenés ici ? Mais entrez, voyons ! et restez chez moi, il ne vous arrivera aucun mal. »

Elle les prit tous les deux par la main et les introduisit dans sa maisonnette... Hänsel et Gretel s'y couchèrent en pensant qu'ils étaient au ciel.

Mais la vieille qui s'était montrée si aimable était en réalité une méchante sorcière qui guettait les enfants ; sa maison en pain d'épice, c'était précisément pour les attirer qu'elle l'avait construite. Si un infortuné tombait en son pouvoir, elle le tuait, le cuisait et le mangeait. C'était alors pour elle jour de fête.

Comment cuisiner et dévorer les enfants
Un récit édifiant de la sorcière Fay Holaderry

J'adore les enfants. Quand ils sont dans mon assiette, je veux dire. J'en ai mangé un certain nombre au cours des siècles passés. Vous vous demandez peut-être où je les trouve. N'allez pas chercher loin: ce sont leurs parents qui me les donnent. Vous seriez stupéfaits d'apprendre combien de parents débarquent dans mon repaire en traînant leur progéniture derrière eux, ou m'écrivent — sur leur plus beau papier à lettres — pour me demander de les débarrasser de leurs enfants, «illico presto, s'il vous plaît». Un jour, certains ont même loué un hélicoptère à plusieurs afin de me livrer leurs rejetons, qu'ils ne pouvaient plus supporter.

Si seulement les enfants savaient ça!

Je me souviens de Derek Wisse, dont le seul tort était d'avoir de mauvaises notes en maths, année après année. Enfin, il était aussi archinul en orthographe. Ses parents, des génies bardés de diplômes, n'arrivaient pas à comprendre. De leur point de vue, il aurait été logique que leur fils soit aussi intelligent qu'eux.

— Comment mon propre fils peut-il être un cancre ? s'indignait M. Wisse.

Bien que plus compréhensive, Mme Wisse était tout aussi perplexe.

— Pourquoi ne fais-tu pas plus d'efforts ? l'implorait-elle.

Mais il avait beau essayer, Derek ne réussissait pas en classe. Les seules distinctions qu'il obtenait jamais étaient celles du plus mauvais élève — ce qui n'était pas du tout du goût de ses parents.

Moi, en revanche, je l'ai trouvé très à mon goût... mijoté avec mes ingrédients secrets et accompagné de ma délicieuse tarte au citron vert.

Il y a eu aussi Jane Markers, qui avait été assez stupide pour donner l'un des manteaux en fourrure de sa mère à une femme qui vivait dans la rue.

— Comment as-tu pu faire une chose pareille ? avait demandé Mme Markers à sa fille.

— Mais tu as plein de fourrures ! s'était justifiée Jane.

— C'est vrai, mais celle-là était un cadeau d'anniversaire de ton beau-père. J'y tenais beaucoup, avait expliqué Mme Markers.

Jane avait secoué la tête :

— Pourquoi n'es-tu pas plus... Comment dit-on, déjà ?

— Généreuse ? avait complété Mme Markers. Eh bien, je pourrais peut-être le devenir. Oui, je vais essayer, Jane.

Et, aussitôt après, elle a prouvé qu'elle pouvait en effet se montrer d'une grande générosité.

Envers moi, pour être exacte...

Je n'ai pas non plus oublié Jeffrey Dach, que j'ai « accueilli » il y a plusieurs siècles. À peine était-il né que ses parents lui apprenaient à aimer la musique. Ils lui firent donner des cours de violon dès qu'il fut assez grand pour en pincer les cordes. À huit ans, c'était un brillant musicien, promis à une gloire certaine, exactement comme l'avaient planifié ses parents.

— Bientôt, tu joueras devant les familles royales du monde entier, lui prédirent-ils. Ce sera merveilleux, n'est-ce pas ?

Mais un jour, Jeffrey tomba d'un poirier où il était monté pour cueillir un fruit, et il se cassa le poignet. Sa carrière musicale fut brisée sur-le-champ, tout comme les rêves de grandeur de ses parents.

Or, Jeffrey avait encore du potentiel, notamment en rôti servi avec du poivron et un hydromel raffiné. C'est grâce à moi qu'il a pu au moins révéler cette qualité.

Récemment, j'ai reçu Grant Feltwright, qui se croyait meilleur que les autres parce que sa famille était riche.

— Mon père pourrait être le patron de vos parents, assurait-il à ses camarades de classe.

Il se vantait de faire de la plongée sous-marine et du saut en parachute pendant les vacances. S'il était souvent le premier en sport, c'est juste parce qu'il incitait ses adversaires naïfs à regarder dans la mauvaise direction aux moments clés de la compétition. Il pensait que cela faisait de lui quelqu'un d'intelligent.

Son père désapprouvait son comportement.

— Ce n'est pas ainsi qu'on honore le nom des Feltwright, le réprimandait-il.

Et, puisque Grant ne voulait rien entendre, M. Feltwright a fait le nécessaire pour conserver l'honneur de la famille intact.

Quant à moi, j'ai conservé Grant dans du vinaigre, du sel et du sulfite de sodium.

Je fais en sorte que les parents puissent facilement se débarrasser de leurs rejetons, afin d'en récupérer le plus possible. Les temps ont changé. On ne conduit plus ses enfants dans la forêt. De toute façon, je n'habite plus dans les bois. Aujourd'hui, ma maison est comme toutes les autres - du moins en apparence...

J'ai installé des boîtes de dépôt d'enfants à proximité d'endroits pratiques, comme les cinémas. Les enfants veulent toujours aller au cinéma. Alors leurs parents les y emmènent, et en général, pour les embrouiller, ils leur achètent davantage de pop-corn, de bonbons et de boissons gazeuses que d'habitude. À la fin du film, ils les font sortir par une petite porte latérale et les jettent en vitesse dans l'une de mes boîtes métalliques géantes, qui portent juste l'inscription DONS. La partie haute de ces conteneurs est pourvue de portes battantes à sens unique : on y entre mais on ne peut pas en ressortir. Je propose également des séjours, grâce à mon « Agence de voyages réservée aux sales gosses », ainsi que des journées spéciales de « Ramassage de mioches pénibles », quatre fois par an.

Si vous êtes un enfant et que vous lisez ces lignes, il serait peut-être bon que vous vous posiez quelques questions :

1) Réclamez-vous des choses insensées à vos parents ?

2) Leur obéissez-vous ?

3) Demandez-vous souvent une augmentation de votre argent de poche ?

4) Votre père ou votre mère a-t-il récemment dit l'une des phrases suivantes : « Tu me pousses à bout », « J'en ai plus qu'assez de ton comportement », ou, plus grave, « Je ne peux plus te supporter » ?

Si vos réponses à ces questions sont : « Oui », « Non », « Tout le temps » et « Oui », il vaudrait mieux que vous changiez d'attitude.

Vous vous demandez pourquoi je vous raconte ça? Vous pensez que je suis en train de me priver de futurs repas savoureux? Sachez que je n'ai pas peur de vous mettre en garde. J'ai une grande connaissance des enfants, qui ne se limite pas à l'art de les assaisonner ou de leur choisir un accompagnement. Ceux que je n'ai pas encore jetés dans mon chaudron n'ont aucun secret pour moi. Je sais, par exemple, qu'ils ont du mal à se maîtriser. Un jour, ils décident d'être sages, et le lendemain, ils font des tas de bêtises. Ils sont incapables de tenir leur parole. Ils n'ont aucune volonté.

Je finis toujours par les avoir.

Je pourrais vous avoir, vous aussi...

Voilà ce qu'écrivait Fay Holaderry, un jour de juin, dans un carnet intitulé *Comment cuisiner et dévorer les enfants*. Son fidèle cocker, J. Swift, était allongé à ses pieds. Le museau posé sur ses pattes de devant en toute décontraction, il levait de temps en temps ses grands yeux ronds vers sa maîtresse. Il faisait nuit. À l'intérieur, tout était calme. On percevait seulement le bruit émis par Holaderry lorsqu'elle tournait une page ou grignotait un petit encas posé dans une assiette devant elle – encas qu'elle s'était préparé elle-même…

Et qu'elle trouvait délicieux.

1. Salomon et Constance

Lundi

Salomon et Constance Blink arrivèrent dans la ville de Grand Creek par une chaude journée d'août. Salomon avait onze ans, et Constance huit ans.

Le soleil de la fin d'après-midi franchissait les montagnes et entrait à flots dans la nouvelle chambre de Salomon, tandis que le garçon déballait ses affaires. Il avait déjà sorti un télescope et un microscope. Ceux-ci lui permettaient d'observer d'autres mondes, grands et petits, qui lui semblaient parfois plus attirants que le nôtre.

Il examina ses instruments, le menton posé sur sa main, ses longs cheveux tombant sur ses épaules.

Puis il défit un carton rempli de livres de sciences, qu'il rangea en piles. La plupart traitaient de sujets si pointus qu'on aurait pu les trouver dans les bibliothèques des plus grands scientifiques. Salomon était très intelligent. Toutefois, son intelligence ne l'avait pas aidé à s'attirer la sympathie des élèves de son ancienne école.

Le garçon fit la grimace en repensant à cette fameuse journée du printemps précédent… La pire de sa vie.

Il ignorait qu'un jour plus horrible encore l'attendait.

Avec de grandes précautions, Salomon prit dans un autre carton un curieux appareil qu'il avait fabriqué lui-même. Il était constitué d'une unité centrale, reliée par

de nombreux fils à des compteurs et à un écran. Celui-ci affichait la température, la pression atmosphérique, l'heure, ainsi qu'une information générale sur la météo. Là, l'écran indiquait : *27,7 °C, 855 hPa, 16 h 02, ensoleillé*, ce qui était tout à fait exact.

Salomon sourit et laissa échapper un petit soupir. Il installa délicatement son appareil sur le rebord de la fenêtre, et se tourna vers les autres cartons.

Il s'empara d'un vieux traité scientifique jauni et tout abîmé. Il avait appartenu à sa mère, une chercheuse talentueuse, partie étudier le réchauffement climatique en Antarctique, de nombreuses années auparavant. Elle y avait fait une découverte capitale : la calotte glaciaire fondait à une vitesse alarmante ! Par malchance, elle s'en était rendu compte tandis qu'elle se tenait elle-même sur cette couche de glace, qui, comme elle l'avait prévu, avait fondu dans l'océan. On n'avait jamais retrouvé Mme Blink. En revanche, ses résultats, qu'elle avait communiqués par radio, avaient subsisté, et ils avaient été salués par l'ensemble du monde scientifique.

Salomon feuilletait le travail de sa mère depuis quelques minutes, quand son regard fut attiré par quelque chose qui se trouvait en dessous. C'était une plaque que sa sœur, Constance, lui avait offerte au printemps précédent, et sur laquelle il était gravé : « *Ceux qui échouent ignorent souvent à quel point ils étaient près du but quand ils ont abandonné.* » *Thomas Edison.* Salomon posa la plaque, face cachée, dans une caisse remplie de vieux livres.

Il prit ensuite un carton non étiqueté, fermé par du ruban adhésif. Au lieu de l'ouvrir, il le poussa tout au fond de son placard, comme s'il ne voulait plus jamais le voir. Puis, curieux de savoir où en étaient les déménageurs et ce que fabriquait sa sœur, il sortit de sa chambre.

Constance était très différente de son frère. À ce moment-là, elle se trouvait dehors, près du camion de déménagement garé devant leur nouvel immeuble. Elle avait grimpé sur le canapé à l'instant où deux déménageurs le soulevaient. C'est donc chargés à la fois du canapé et de Constance que ceux-ci traversèrent la pelouse et entrèrent dans l'immeuble. Aussi fière qu'une reine, la fillette salua lentement d'abord à droite, puis à gauche, une foule de spectateurs imaginaires qui, se disait-elle, observaient son entrée éblouissante et majestueuse dans sa nouvelle demeure. Dans le couloir, une voisine ouvrit sa porte et assista à la scène. Constance la gratifia d'un geste de la main et inclina la tête d'un air distingué.

À voir Constance s'amuser ainsi, il était impossible d'imaginer qu'elle cachait un secret honteux à son frère.

Impossible aussi de deviner combien son chat, Quantum, lui manquait (il lui manquait énormément). Ça ne signifiait pas qu'elle ne ressentait aucune culpabilité ni aucune tristesse. Non, elle n'était tout simplement pas du genre à se plaindre.

Constance était pleine d'entrain et elle s'adaptait facilement aux changements. Elle avait les cheveux courts et les oreilles décollées, peut-être pour laisser certaines remarques entrer par l'une et ressortir par l'autre aussi vite que possible. Comme par exemple, ce jour-là, quand son père la gronda en la voyant confortablement installée sur le canapé.

— Constance ! Descends tout de suite de là ! lui ordonna-t-il.

Mme Blink — qui avait épousé le père de Salomon et Constance juste avant le déménagement — leva les yeux de ses cartons et secoua la tête d'un air réprobateur.

Constance tarda à obéir à son père : elle ne glissa du canapé que lorsque les

déménageurs l'eurent posé à terre, achevant ainsi sa petite promenade avec élégance.

Au même moment, Salomon sortit de sa chambre. Il vit aussitôt que son père et sa belle-mère n'étaient pas contents. Il alla dans la cuisine se servir un verre d'eau avec des glaçons, puis il demanda à sa sœur si elle voulait l'accompagner au parc. Celle-ci hocha la tête.

— On peut y aller, papa ? demanda Salomon.

— Allez où vous voulez, pourvu que vous sortiez d'ici ! râla M. Blink.

Salomon et Constance prirent un frisbee et une balle de tennis dans l'un des cartons éparpillés au milieu du salon. Lorsque, en passant devant la cuisine, Salomon aperçut son verre d'eau, dans lequel il ne restait plus que les glaçons, il eut l'idée d'apprendre quelque chose à sa sœur.

— Viens voir, lui dit-il.

Il l'emmena dans la cuisine, versa de l'eau dans le verre et ajouta deux glaçons.

— Je vais marquer le niveau de l'eau avec ce petit morceau de scotch, expliqua-t-il. Quand nous reviendrons et que les glaçons auront fondu, penses-tu que ce niveau sera supérieur ou inférieur à ce qu'il est maintenant ?

— Supérieur, répondit Constance.

— Pourquoi ?

— Parce que, lorsque les glaçons fondront, il y aura plus d'eau, donc le niveau montera.

— Tu es sûre ? demanda Salomon.

— Oui.

— Tu veux parier ? Tu as de l'argent ?

— J'ai trois dollars, fit Constance après avoir vérifié le contenu de sa poche.

— Tu veux parier tes trois dollars ?

— Pas de problème. Je te parie trois dollars que l'eau aura monté, s'obstina-t-elle. Qu'est-ce que tu en penses, toi ? Tu crois qu'elle sera descendue ?

— Non, je dis que le niveau n'aura absolument pas changé. Tu ne veux plus parier ?

— Si ! insista Constance, qui n'était pas du genre à céder.

Mais elle n'était pas non plus du genre à perdre un pari, surtout s'il mettait son argent en jeu. Voilà pourquoi, après être sortie de l'appartement avec son frère, elle revint discrètement sur ses pas et ajouta un tout petit peu d'eau dans le verre. Elle rattrapa ensuite Salomon. Elle le soupçonnait de mieux maîtriser ce phénomène scientifique qu'elle. En revanche, elle était certaine de savoir mieux que lui comment gagner trois dollars.

2. Curiosité scientifique

L'immeuble où habitaient désormais Salomon et Constance comportait deux étages et six appartements. Il se dressait au bout d'une rue bordée de maisons. En sortant de chez eux, ils constatèrent que les déménageurs étaient toujours à l'œuvre. Ils disparaissaient dans leur camion, garé sur le trottoir, et réapparaissaient avec un petit morceau de vie des enfants. Là, c'était la table de nuit de leur père que l'on transportait.

Lorsque les enfants passèrent devant la maison située en face de leur nouveau domicile, un chien avec quelque chose dans la gueule en jaillit. La porte grillagée avait dû rester ouverte. L'animal était couleur chocolat, assez petit, doté de longs poils et d'oreilles tombantes. Il courut si vite vers Salomon et Constance qu'ils n'eurent pas le temps de s'écarter. Heureusement pour eux, c'était un gentil chien.

À toute allure, il décrivit des cercles autour des enfants. Il remuait la queue et aboyait, en s'efforçant de conserver l'objet qu'il tenait entre ses crocs : un os.

Une femme sortit de la maison : c'était Fay Holaderry, la sorcière de notre histoire. Elle traversa la pelouse, habillée d'une robe trop grande qui lui donnait un air de petite fille déguisée.

– Swift ! Swift ! appela-t-elle. Laisse ces enfants tranquilles !

Elle s'approcha de Salomon et Constance :

– Je suis désolée ; mon chien a réussi à filer.

– Ce n'est pas grave. Nous adorons les chiens, assura Constance.

– N'empêche qu'il ne devrait pas se comporter ainsi. Couché, Swift !

L'animal avait sauté et posé les pattes sur Salomon. Le garçon joua avec lui ; il essaya de lui arracher son os. Swift prit ce jeu très au sérieux. Il planta ses pattes dans le sol et tira, en grognant sans méchanceté.

– Il tient beaucoup à son déjeuner, déclara Holaderry en riant.

Elle dévisagea alors les enfants :

– Je ne crois pas vous avoir déjà vus dans les parages.

— Nous emménageons juste aujourd'hui, expliqua Constance.

Holaderry jeta un coup d'œil au camion.

— Oh, oui, je vois. Je ne suis pas sortie de la matinée. Vous êtes une famille nombreuse ? s'enquit-elle, la bouche étirée en un large sourire.

— Non, nous ne sommes que quatre, répondit Salomon, qui s'amusait toujours avec le chien.

Chacun son tour, le garçon et l'animal tiraient sur l'os. Mais une moue perplexe s'affichait petit à petit sur le visage de Salomon. Cet os avait quelque chose d'étrange…

— Eh bien, permettez-moi d'être la première à vous souhaiter la bienvenue dans le quartier ! dit la femme, en tendant la main. Je m'appelle Fay. Fay Holaderry. Et mon chien, c'est Swift.

Salomon lâcha l'os, s'essuya les mains sur son pantalon et serra la main de Holaderry. Constance fit de même, les yeux fixés sur ceux de la femme. D'ordinaire, la fillette devinait beaucoup de choses dans le regard des gens, mais celui de Holaderry était aussi impénétrable qu'une porte de prison. Par conséquent, Constance ne remarqua que les cheveux rouge tomate et les rides en pattes d'oie qui plissaient les paupières de sa voisine.

— C'est tellement agréable d'être entouré d'enfants ! s'exclama Holaderry. Il n'en reste plus aucun dans cette rue. Ils sont tous… partis.

Elle scruta l'immeuble de Salomon et Constance, et elle sourit de nouveau.

— Il faudra que je vous invite chez moi, un de ces jours, pour le dîner…, proposa-t-elle.

— C'est très gentil de votre part, dit poliment Salomon. Viens, Constance, allons au parc. Ravi de vous avoir rencontrée, madame Holaderry.

La femme observa Salomon avec intérêt.

— Oui, je suis enchantée, moi aussi, d'avoir fait votre connaissance, répondit-elle. Allez, Swift, retournons à nos occupations !

Constance gratta la tête du chien :

— Au revoir, Swift. Au revoir, madame Holaderry.

Tandis que le frère et la sœur longeaient les jardins des autres maisons, Salomon demanda :

— Cette dame est bizarre, tu ne trouves pas ?

— Ah oui, alors !

Le garçon avait l'impression que Holaderry les suivait du regard. Mais, lorsqu'il se retourna, il n'y avait plus personne dans la rue.

Enfin, presque plus personne : sur l'herbe, une grive des bois les observait. Elle s'envola et prit la direction du centre-ville.

Cet oiseau était parti annoncer l'arrivée de Salomon et Constance à quelqu'un. Voyez-vous, Holaderry n'était pas la seule à être restée après que la forêt avait été rasée. Et la dame à qui appartenait la grive était d'un autre genre.

Mais Salomon ne prêta pas attention à l'oiseau. Il continua son chemin et découvrit, de l'autre côté de la rue, un bâtiment peu élevé, équipé de portes à battants. Sur la façade, un écriteau indiquait : *Bibliothèque de Grand Creek*. Un escalier menait à l'entrée principale.

— Et si nous entrions, un petit moment ? dit Salomon.

— Je croyais que nous allions au parc, comme des enfants normaux ! protesta Constance.

— Je suis tout à fait normal, affirma Salomon.

Et, pour le prouver, il se plia au souhait de sa sœur : il prit la direction du parc.

Celui-ci ressemblait à n'importe quel parc urbain : il y avait un gazon grillé par le soleil d'été et une allée bordée de bancs. Tout autour, cependant, se dressaient des montagnes hautes et menaçantes. Salomon et Constance n'étaient pas habitués à ce type de paysage. À vrai dire, c'était la première fois qu'ils voyaient des montagnes.

— Elles semblent si proches ! fit remarquer Constance. Tu crois que nous pourrions aller y faire un tour ?

— Elles sont beaucoup plus éloignées qu'il n'y paraît, répondit Salomon. Pour aller s'y promener, il faudrait prendre la voiture.

Les enfants jouèrent pendant plus d'une heure à la balle et au frisbee. L'air était chargé d'humidité. Lorsque Constance lançait le disque, celui-ci fendait l'air en ligne droite jusqu'à Salomon. Le garçon était incapable d'en faire autant. À chaque fois qu'il le renvoyait, le frisbee partait comme une flèche sur le côté avant de rouler sur la pelouse.

Deux années plus tôt, s'il avait ainsi raté son coup en jouant avec d'autres enfants, Salomon se serait empressé d'expliquer la façon dont volait un frisbee. Il aurait parlé de la forme de ses bords et de la pression atmosphérique. Il aurait montré que, même s'il était un lanceur minable, il savait des choses que ses camarades ignoraient. Mais, à onze ans, il avait passé l'âge de se justifier devant les autres. Savoir lancer un frisbee n'avait aucune importance. Il ne pouvait pas être bon en tout. C'était la vie.

Constance courut après le disque qui roulait un peu plus loin. Elle l'attrapa, revint sur ses pas à toute vitesse, balança le bras en avant, et le disque s'envola, en glissant à la perfection jusqu'à Salomon.

— Et si on jouait à la balle, maintenant ? proposa le garçon.

Ils étaient tous les deux doués à ce jeu. Ils s'amusèrent bien — pour la première et la dernière fois à Grand Creek —, tandis que le soleil disparaissait derrière les montagnes et qu'une légère brise se levait.

Sur le chemin du retour à la maison, Salomon déclara :

— Allons à la bibliothèque ! Je voudrais vérifier quelque chose.

Il traversa la rue et gravit le perron de l'établissement, suivi de près par Constance.

Depuis qu'ils avaient quitté leur voisine et son compagnon à quatre pattes, Salomon s'était fixé une nouvelle mission. Il voulait découvrir quelle sorte d'os le chien tenait dans sa gueule. Quelque chose clochait avec cet os, il en était sûr. Salomon s'y connaissait en anatomie animale. La plupart des os pour chiens provenaient des vaches, parfois des moutons, songeait-il. Or, la taille et la forme de celui-ci ne correspondaient pas du tout.

Dans la bibliothèque, les ordinateurs réservés aux enfants étaient hors service.

— Je reviens dans une minute, dit Salomon à Constance.

Il se dirigea vers les autres ordinateurs connectés à Internet, mais ils étaient tous pris. En regardant la liste des réservations, il constata qu'aucun ne serait libre avant plus d'une heure. Il décida donc de consulter le catalogue en ligne. Il tapa « anatomie animale » sur le clavier, et des titres d'ouvrages apparurent : *Anatomie bovine* et *Guide de l'anatomie et de la physiologie animales*.

Il alla prendre ces deux livres et d'autres traitant du même sujet. Les manuels qu'il avait choisis étaient trop compliqués pour la plupart des adultes, mais ils ne firent pas peur à Salomon. Sur un présentoir, un ouvrage à la couverture bleue attira son attention : *Anatomie humaine*. Il le prit également. Il emporta ses trouvailles à une table du coin des enfants et fut bientôt absorbé par sa lecture.

Pendant ce temps, Constance flânait dans la bibliothèque et s'amusait à un nouveau jeu. Tapie dans l'une des allées, elle scrutait les ouvrages rangés sur le rayonnage devant elle, puis elle tendait discrètement la main pour les faire glisser par terre, dans l'allée d'à côté. Ainsi, les personnes qui se trouvaient dans les parages croyaient assister à un phénomène mystérieux.

Un petit garçon qui passait par là vit deux livres tomber tout seuls, près de lui. Ce n'était pas lui qui les avait touchés ! Il fit demi-tour ; partout où il allait, les ouvrages pleuvaient. Apeuré, il courut se réfugier dans les jupes de sa mère.

Constance s'apprêtait à s'en prendre à une autre victime quand une bibliothécaire apparut derrière elle. La fillette sursauta.

— Qu'est-ce que c'est que ce comportement, jeune fille ? gronda la dame, qui avait la mâchoire carrée, les

joues rose vif, et un air de madame-je-sais-tout. Tu ne veux pas plutôt que je t'aide à trouver un livre ?

— Si, je veux bien.

Constance mit un doigt sous son menton, comme le faisait son frère quand il réfléchissait.

— *Guerre et paix*[1], annonça-t-elle.

La bibliothécaire n'apprécia pas la plaisanterie.

— Je crains que ce roman ne soit pas pour toi, lâcha-t-elle.

— Vous insinuez que je suis bête ? demanda Constance sur un ton de défi.

— Non. C'est juste que ce livre de Tolstoï parle d'Histoire et de la place de l'individu dans l'Histoire. Ça peut être ennuyeux, à la longue…

— Bon, d'accord. Alors, je veux bien lire *Les hauts de Hurlevent*[2].

La bibliothécaire observa Constance attentivement :

— Qu'est-ce que tu fabriques dans une bibliothèque par une si belle journée ?

— Mon frère et moi venons juste d'emménager dans cette ville, et il a des recherches à faire, expliqua Constance, en désignant Salomon, toujours assis à sa table, sa pile d'ouvrages devant lui.

— Où est-il ?

---

1. *Guerre et paix* est un roman très célèbre de Léon Tolstoï, qui date du XIXᵉ siècle. Il fait plus de 1 000 pages !

2. *Les hauts de Hurlevent*, d'Emily Brontë, est également un roman du XIXᵉ siècle, très célèbre et assez complexe.

La bibliothécaire avait dû prendre Salomon pour une fille, à cause de sa chevelure qui lui couvrait les épaules. Constance ne supportait pas que les gens se trompent ainsi.

– Là-bas, indiqua-t-elle. Le *garçon* aux cheveux *longs*.

– Oh, je vois, comprit la femme. Eh bien, tu ferais mieux de rester avec lui.

Sur ce, elle s'éloigna en vitesse, heureuse de quitter Constance.

La fillette rejoignit son frère :

– Tu as trouvé ce que tu cherchais ?

Salomon était comme hypnotisé par une page qui portait le titre : *Os du fémur*. Il leva les yeux du livre bleu, l'air distrait.

– Hmm ? Je crois que oui, affirma-t-il, en refermant le gros ouvrage. Viens, partons d'ici.

3. Un pari gagné, un chat chassé

Lorsque les enfants rentrèrent chez eux, les déménageurs avaient quitté les lieux. Salomon et Constance habitaient désormais officiellement à leur nouvelle adresse. L'appartement était rempli de cartons qui, empilés les uns sur les autres, formaient des tours instables. M. et Mme Blink se tenaient au milieu de ce désordre. Ils jetèrent un coup d'œil mécontent aux enfants, comme si leur arrivée les obligeait à interrompre une conversation importante. Ils se turent, mais continuèrent à échanger des regards entendus.

C'était exactement le genre de père et de marâtre que l'on s'attend à trouver dans une histoire comme celle-ci. Sauf que M. Blink avait un secret.

Se rappelant son pari avec sa sœur au sujet du verre d'eau glacée, Salomon se rendit aussitôt dans la cuisine. Il était certain d'avoir gagné. Constance lui emboîta le pas.

— Je suppose que j'ai perdu le pari, hein ? dit-elle.

Salomon observa le verre. Après un long silence perplexe, il déclara :

— Non. Tu avais raison. Le niveau de l'eau est un peu plus haut.

— C'est vrai ? demanda Constance, en prenant l'air surprise. J'ai gagné trois dollars. Super ! Par ici la monnaie !

Salomon extirpa l'argent de sa poche et le donna à sa sœur. Puis il scruta le verre, le nez presque collé au morceau de scotch.

— Mais c'est impossible ! s'exclama-t-il. C'est scientifiquement impossible.

Il ne semblait cependant plus aussi sûr de lui.

— Ces glaçons étaient peut-être différents de ceux que tu connais, bredouilla Constance. Ou alors, tu ne maîtrises pas aussi bien la science que tu…

La fillette n'acheva pas sa phrase. À en juger par la grimace que fit Salomon, elle comprit qu'il repensait à la fameuse journée, l'Horrible Journée du printemps précédent, le jour de la fête de la science dans leur ancienne école.

— Ce n'est pas grave, assura Constance, avec compassion mais en empochant son gain. Allons déballer nos affaires. J'ai besoin de ton aide.

Les enfants pénétrèrent dans le salon. M. Blink parlait encore à voix basse avec Mme Blink. Le carton qu'il ouvrit produisit un raclement qui emplit la pièce. Il se tut et se tourna vers Salomon et Constance avec un sourire.

— Ah, Constance ! Je voulais te dire quelque chose : j'ai décidé de ne pas déménager ton lit, annonça-t-il en s'efforçant d'avoir l'air réjoui. Il n'y avait pas assez de place dans le camion. En attendant que nous te commandions

un autre lit — ce que nous ferons, évidemment —, j'ai pensé que tu pourrais partager les lits superposés avec ton frère.

— Tu veux que nous dormions dans la même chambre ? s'indigna la fillette, vite imitée par Salomon.

— Estimez-vous heureux ! intervint Mme Blink. Les choses pourraient être pires.

Le commentaire de Mme Blink, apparemment optimiste, ne suscita qu'une seule question chez Constance : comment les choses auraient-elles pu être pires ?

Elle pensait à son chat, qui, comme son lit, ne les avait pas suivis.

Quantum. Le chat de la famille — son chat, en réalité. C'était du moins ce qu'elle estimait, même si c'était Salomon qui l'avait baptisé, en s'inspirant d'une théorie scientifique, bien entendu.

Constance adorait Quantum. C'était un magnifique chat noir. Il était capable de sauter en un éclair du plancher au comptoir de la cuisine, et jusqu'en haut du buffet. Parfois, quand M. Blink n'était pas là, il paressait dans son fauteuil favori. Constance le cajolait, le prenait dans ses bras et l'encourageait à aller vers Salomon.

— Sois gentil, disait-elle à Quantum. C'est ton frère.

Alors, le chat se dirigeait à pas feutrés en direction de Salomon, qu'il autorisait à le caresser, comme s'il lui faisait une faveur.

Quantum prenait la plupart des gens de haut. Quand il se léchait les pattes, il avait l'air de penser : « Vous aimeriez me ressembler, n'est-ce pas ? Désolé, mais c'est impossible. » Avec Constance, il était totalement différent. Il s'approchait d'elle dès qu'elle le désirait. La main sur son doux pelage, elle sentait son chat ronronner. Constance était ravie que Quantum l'ait choisie, elle, alors qu'il ignorait les autres personnes. Elle avait l'impression que les animaux la comprenaient mieux que quiconque.

M. Blink, lui, n'avait jamais aimé Quantum.

— C'est beaucoup de travail, tu comprends ? s'était-il plaint. Les chats, il faut les nourrir, vider leur litière… Ton frère et toi, vous avez intérêt à vous charger de toutes ces corvées si vous tenez à garder ce chat. Sinon, je m'en débarrasserai.

Constance avait tenu ses engagements, en s'occupant bien de Quantum. Mais un jour, Mme Blink avait débarqué, et soudain le marché n'avait plus été valable.

— Je ne supporte pas les chats, avait-elle déclaré devant toute la famille.

Face à l'expression de Constance, à la fois furieuse et désespérée, elle avait changé de tactique. Son visage s'était radouci et elle avait souri d'un air compatissant.

— En fait, j'y suis allergique, avait-elle rectifié, en se forçant à éternuer.

Mais Constance n'avait pas été dupe.

— Ils me donnent des démangeaisons, avait ajouté sa belle-mère, en se mettant à se gratter partout.

Elle s'était tournée vers M. Blink :

— Le chat devra partir, chéri.

— À la bonne heure ! avait approuvé celui-ci.

Constance avait fait tout son possible pour garder Quantum. En vain. Il fallait que l'animal débarrasse le plancher. Par chance, la fillette avait pu le confier à son amie Ruth, dont la famille possédait une petite ferme, où vivaient déjà deux chats et deux chiens. Constance allait rendre visite à Quantum toutes les semaines. Elle constatait qu'il avait vite imposé sa loi aux chiens, et qu'il ignorait les autres chats. Il paraissait apprécier son nouveau foyer, ce qui réconfortait un peu son ancienne maîtresse.

Malgré tout, elle avait déclaré à son frère :

— Tu vois, Salomon, je n'ai rien contre les belles-mères. Je sais bien qu'il est possible qu'une belle-mère soit allergique aux chats, et même qu'elle les déteste, sans que ça l'empêche d'être gentille...

— Absolument, avait confirmé son frère. Quand une nouvelle personne arrive, il faut du temps pour s'habituer à elle, et cela ne se fait jamais sans quelques problèmes. Mais les enfants savent affronter ces difficultés.

Le garçon, très concentré sur son argumentation, avait marqué une pause avant de reprendre :

— Et ils finissent par s'entendre avec leurs beaux-parents. Même si cela semblait difficile au départ.

— Mais, maintenant que Quantum est parti, qui sera le prochain ? s'était inquiétée Constance.

Salomon avait écarté ses cheveux de ses yeux.

— Attendons, et nous verrons, avait-il répondu, de son habituel ton raisonnable.

Très peu de temps après, les quatre Blink avaient déménagé à Grand Creek.

4. Conversations secrètes

À la fin de cette première journée, la nouvelle chambre de Salomon était prête à les recevoir, sa sœur et lui. Les lits superposés, la commode et la table de chevet étaient montés. Salomon et Constance avaient retrouvé leurs livres et leurs jouets préférés, mais il restait encore de nombreux cartons dans la pièce.

Lorsqu'il fut l'heure de dormir, Salomon s'installa sur la couchette du haut et Constance sur celle du bas. M. Blink vint vérifier si les enfants étaient au lit. Il leur annonça qu'ils se rendraient en ville le lendemain, puis il ferma la porte.

Au bout d'un moment, Constance chuchota :

— Tu ne vas pas tomber sur moi, hein ?

— Non, je ne vais pas tomber sur toi, assura Salomon.

— Parce que, chaque fois que tu bouges, le lit tremble. J'ai peur qu'il ne soit pas assez solide.

— Mais si, il est très solide, Constance.

— C'est facile pour toi, de dire ça. Ce n'est pas toi qui es allongé juste en dessous. Si tu tombes, je serai écrasée sur-le-champ. Écrabouillée, comme un cafard...

— Je te dis que je ne vais pas tomber sur toi ! répéta Salomon. Maintenant, dors !

Il y eut un silence.

— Ce serait peut-être mieux si je dormais en haut, ajouta Constance.

— D'accord, demain, tu pourras prendre ma place.

Constance hésita, se demandant si la proposition lui convenait.

— OK, finit-elle par accepter. Demain.

— Bonne nuit, Constance.

— Bonne nuit, Salomon.

Une fois les enfants couchés, M. et Mme Blink discutèrent à voix basse dans leur chambre. Sans doute n'en êtes-vous pas surpris : vous connaissez certainement l'histoire, très ancienne, d'un autre père et d'une autre mère dans la même situation. M. et Mme Blink avaient de nombreux points communs avec ce couple. Et, comme cela a déjà été mentionné, M. Blink avait un secret.

Son secret, c'était que M. Blink n'était pas lui-même. Enfin, si, bien sûr, il était lui-même, mais il n'était pas M. Blink. Enfin, si, il était M. Blink, mais il n'était pas le père de Salomon et de Constance. Il était le jumeau du père de Salomon et de Constance. Il était *l'autre* M. Blink.

Longtemps auparavant, juste après que la mère de Salomon et Constance était tombée de la calotte glaciaire — première victime du réchauffement climatique —, son époux, *le vrai* M. Blink, avait confié ses enfants à une tante. Désirant le voir par lui-même, il s'était rendu sur le lieu de l'accident, au pôle Sud. Et il avait disparu. Personne ne sut qu'il n'était jamais revenu. Et pour cause : son jumeau, M. Blink, avait pris sa place !

À l'époque, Constance n'était qu'un bébé. Si elle s'aperçut de quelque chose, elle fut incapable de le dire à quelqu'un. Quant à Salomon, qui avait alors trois ans, il remarqua en effet un changement. Mais, pour un petit de cet âge-là, le monde entier est toujours en changement, et Salomon avait besoin des autres pour savoir si une chose était normale ou non. Dans le cas qui nous intéresse, personne d'autre ne se rendit compte qu'un événement bizarre s'était produit. M. Blink avait la même allure, la même voix et la même odeur (puisqu'il utilisait le même savon) que son frère. Il se comportait bien un peu différemment, mais c'était compréhensible étant donné les circonstances.

Bien sûr, peu de gens étaient au courant que le père de Salomon et Constance devait un jour hériter une grosse somme d'argent d'un vieil oncle à la tête d'une entreprise très importante, la Compagnie des Fabricants Associés du Silicon Hyperspace. Le futur bénéficiaire lui-même l'ignorait. En revanche, *l'autre* M. Blink en avait été informé par un membre bien placé de cette société, un proche collègue de l'oncle en question. Il avait également appris que lui ne toucherait pas un centime. C'est pourquoi il s'était arrangé pour se débarrasser de son jumeau, dans un coin des terres du Sud où des flamants roses trempaient leurs pattes dans des mares bleu marine entourées d'herbes sauvages. Puis il avait pris sa place, persuadé qu'il n'aurait pas à attendre l'héritage longtemps.

Sauf que le vieil oncle n'en finissait pas de vieillir, et que rien ne permettait de prévoir l'heure de son dernier souffle.

En vérité, M. Blink n'était pas si surpris que ça. Il manquait souvent de discernement, il le savait. Cela ne l'empêchait pourtant pas de croire qu'un jour, la chance lui sourirait et qu'il deviendrait plus clairvoyant. Soit sur tout, soit sur certaines choses, au moins une fois de temps en temps.

« Il faudra bien que j'aie raison, un de ces quatre », espérait-il.

En attendant, Salomon et Constance grandissaient. Ils s'étaient habitués au caractère de M. Blink, avaient accepté son attitude distante. Ils avaient cru naturellement que c'était leur père et oublié tout événement étrange ayant eu lieu durant les premières années de leur vie.

Ensuite M. Blink s'était marié, et celle qui était devenue la nouvelle Mme Blink était pourrie jusqu'à la moelle.

Parfois, la pourriture, c'est de famille. Il y avait long-temps que Mme Blink avait établi son arbre généalogique et découvert qu'elle était parente d'un grand nombre d'importants personnages pourris du passé. Parmi eux, on trouvait une illustre reine qui avait déclaré : « Le peuple n'a plus de pain ? Eh bien, qu'il mange de la brioche ! » À première vue, cela ne semble pas très pervers ; en réalité, ça l'était. Il y en avait une autre qui distribuait des pommes empoisonnées. Et il y avait bien sûr la fameuse marâtre de la vieille histoire de la sorcière qui mangeait les enfants. (Pour vous donner tous les détails, Mme Blink était la onzième cousine, au quinzième degré, de cette belle-mère.)

« Que d'ancêtres pourris ! » se réjouissait Mme Blink.

Elle était fière d'être issue d'une famille aussi infecte.

Au lendemain de son mariage avec M. Blink, elle avait réalisé l'arbre généalogique de son époux et appris, ravie, émerveillée, qu'il avait lui aussi des aïeux pourris. Et l'un d'eux n'était autre que le père des enfants de la célèbre histoire de sorcière. (M. Blink était pour sa part le septième cousin, au douzième degré, de ce père. Cette découverte était tout à fait exacte, même si M. Blink se faisait passer pour son frère, ce que, d'ailleurs, Mme Blink ignorait.)

Dès qu'elle avait fait cette découverte, Mme Blink avait révélé à M. Blink les racines pourries de leurs arbres généalogiques respectifs.

— Cela ne peut pas être un hasard si nous sommes les descendants du couple de ce conte très connu, avait-elle conclu. Nous étions faits pour nous rencontrer.

Là, elle avait montré du doigt le nom de leurs ancêtres et avait suggéré, de son ton le plus persuasif, qu'ils perpétuent la tradition familiale en se débarrassant des enfants.

— Car le problème avec les gens, de nos jours, c'est qu'ils ne respectent pas assez les traditions ! avait-elle affirmé.

— Je ne sais pas, avait marmonné M. Blink. Certaines coutumes semblent meilleures que d'autres.

Il n'empêche que, en secret, il s'était interrogé. Il était étrange, en effet, que son épouse et lui fussent de la famille du couple de cette histoire. Fallait-il y voir un signe du destin ?

Après plusieurs conversations sur le même sujet, M. Blink s'était mis à partager l'avis de sa femme.

— Est-ce que tu as déjà remarqué que, pile au moment où j'ai une envie pressante, l'un des enfants occupe toujours les toilettes ? Et moi, je dois attendre mon tour pendant ce qui me semble une éternité ! s'était-il plaint. Ce n'est pas facile de se retenir, tu sais.

Plus tard, il était allé jusqu'à constater :

— Sans eux, nous aurions plus de place dans la maison. Nous pourrions installer une table de ping-pong.

Mais il avait fini de se décider quand il avait reçu un courrier — le premier depuis des années — du proche collègue de son vieil oncle qui vieillissait toujours : *L'héritage sautera une génération s'il existe une descendance. En d'autres termes, s'il y a des enfants, l'argent leur reviendra.* M. Blink avait dû relire le message plusieurs fois avant d'en comprendre le sens. Il avait du mal avec le jargon juridique. Il n'était pas avocat, après tout.

Toutefois, lorsqu'il avait enfin compris, il avait dit à Mme Blink :

— J'ai réfléchi à… ce que tu m'as proposé… il y a quelque temps. Et tu sais quoi ? J'ai toujours rêvé de partir en vacances au pôle Sud. J'y suis déjà allé… une fois. Le souci, c'est que nous n'avons pas assez d'argent pour effectuer ce voyage. À moins que…

— À moins que quoi ? avait interrogé Mme Blink, faisant semblant de ne pas voir où son mari voulait en venir.

— À moins que nous ne fassions ce que tu as suggéré l'autre jour.

— Ai-je suggéré que… ? Enfin, ce dont tu parles… Tu es sûr que ce n'est pas toi qui en as eu l'idée ? avait demandé Mme Blink.

— Eh bien, je suppose qu'il importe peu de savoir qui a lancé l'idée en premier, avait reconnu M. Blink, même si, en son for intérieur, il savait que cette idée était celle de son épouse.

De toute façon, qu'elle fût à l'origine de cet horrible plan ne le rendait pas moins pourri. Depuis toujours, il avait conscience d'être quelqu'un de mauvais — comme sa nouvelle épouse, et contrairement à son frère.

Par la suite, M. Blink avait pris le relais de Mme Blink pour poursuivre les recherches généalogiques. Son but était de découvrir où leurs ancêtres — les autres père et belle-mère de cette vieille histoire — avaient vécu. M. Blink était décidé à prouver qu'il était moins bête que ce qu'il pensait lui-même. Et, chose étonnante, il réussit.

Il retrouva la trace de la sorcière à Grand Creek.

Et ils y emménagèrent.

La conversation de ce soir-là, dans leur nouvelle chambre, n'était donc que la dernière d'une longue série. M. et Mme Blink discutaient de leur plan. Leurs voix résonnaient jusque dans le couloir, sans toutefois atteindre la chambre des enfants.

— Tu as trouvé où elle habite exactement ? s'enquit Mme Blink.

— Personne ne le sait. Elle se cache. Elle a mis au point une sorte de système. Mais ne t'inquiète pas, j'ai tout prévu.

— Tu en es certain ?

— Est-ce que tu doutes de ton mari ?

— Euh... C'est-à-dire que...

— La seule chose que j'aie à faire, c'est de les emmener en ville un mardi et de les laisser à un certain endroit, expliqua-t-il. Justement, demain, nous serons mardi. C'est aussi simple que ça. La sor...

Il n'acheva pas le mot.

— Elle fait le reste.

Il se tut et ouvrit la porte de la chambre. Il alla scruter le couloir, vêtu de son pyjama (sur lequel étaient imprimées des girafes), puis, satisfait de constater qu'il n'y avait personne, il rentra se mettre au lit.

Après que la porte de la chambre de M. et Mme Blink se fut refermée, Salomon sortit des toilettes. Il avait dû

y aller une dernière fois avant de s'endormir. En traversant le couloir, il avait entendu les dernières paroles de son père : « À un certain endroit… demain… C'est aussi simple que ça. La sor… Elle fait le reste. » Ces phrases n'avaient rien de véritablement inquiétant. Mais il y avait quelque chose dans le ton de son père que Salomon n'avait pas aimé.

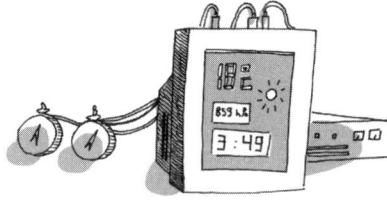

5. L'Horrible Journée

Mardi

Salomon eut un sommeil agité. Il se leva avant l'aube, en descendant de sa couchette sans réveiller Constance. Allongée sur le lit inférieur, elle dormait profondément.

Par la fenêtre, Salomon regarda la maison de Holaderry. À l'étage, une faible lumière brillait derrière un rideau. Le long du mur, des plantes sombres grimpaient sur un treillage.

Salomon songea à ce qu'il avait appris la veille, à la bibliothèque. Il jeta un coup d'œil à son horloge-baromètre de fabrication maison, et il vit qu'elle indiquait : *18 °C, 859 hPa, 3 h 49, ensoleillé.*

Le garçon regarda de nouveau dehors. Le temps n'était pas « ensoleillé », puisque c'était la nuit. L'information était fausse parce que Salomon n'avait pas réglé l'appareil pour que les prévisions météorologiques s'adaptent à l'heure. Il aurait dû le programmer pour qu'il affiche « clair » la nuit, quand étaient réunies les mêmes conditions sur lesquelles l'appareil se basait pour annoncer « ensoleillé » pendant la journée.

Pourquoi n'y avait-il pas pensé ? s'interrogea-t-il. Quelle erreur stupide !

Salomon était préoccupé par tant de choses qu'il ne savait pas ce qui l'empêchait de dormir. Était-ce d'avoir perdu son pari contre Constance, ce qu'il ne s'expliquait toujours pas ? Était-ce la découverte qu'il avait faite à la bibliothèque ? Ou la conversation qu'il avait entendue avant d'aller au lit ? À moins que ce ne fût juste des souvenirs qui remontaient à la surface.

La ville où il avait grandi.

Son école.

L'Horrible Journée.

Au printemps précédent, juste après l'Horrible Journée, un groupe de garçons qui n'étaient absolument

pas des amis de Salomon l'avaient invité à les accompagner après la classe. Sans savoir pourquoi, il avait accepté. Comme si leurs relations avaient soudain changé ! Cette bande appelait Salomon « le savant fou », ou même « le savant foutu ».

En chemin, l'un des élèves avait chuchoté quelque chose à l'oreille d'un autre, manifestement au sujet de Salomon, et tous deux avaient éclaté de rire. Ensuite les autres avaient réclamé :

— Dis-nous, dis-nous !

Leur camarade les avait tous mis dans la confidence, excepté Salomon, qui n'avait donc pas pu rire avec eux. Lorsque le groupe était arrivé devant la maison de l'un des garçons, le meneur avait dit à Salomon :

— On revient dans quelques minutes, d'accord ?

— D'accord, avait répondu Salomon.

Il avait attendu dehors pendant cinq minutes. Puis dix, puis vingt. Chaque fois qu'un passant arrivait à sa hauteur, Salomon faisait semblant d'étudier une mauvaise herbe absolument fascinante qui poussait sur le trottoir. Jusqu'à ce qu'il finisse par se décider à rentrer chez lui.

Cette mauvaise blague n'était qu'un exemple de tout ce qui était arrivé à cause de l'Horrible Journée, celle de la fête de la science à l'école.

À l'occasion de cette journée, chaque élève devait travailler sur un phénomène scientifique. Un concours avait été organisé, qui récompenserait le meilleur projet. Salomon avait décidé de créer quelque chose de très spécial, qui prouverait combien il était intelligent. Il s'agissait d'un appareil de détection thermique capable de mesurer des températures dans un rayon de soixante-douze mètres. Comme il souhaitait surprendre tout le monde, même Constance, il travaillait en secret, cloîtré dans sa chambre. Lorsqu'il ne s'en servait pas, il cachait son matériel dans son placard, qu'il fermait avec un cadenas.

Face au comportement de son frère, Constance avait déclaré qu'elle non plus ne l'autoriserait pas à voir l'œuvre qu'elle allait concevoir pour ce concours. Et, pour qu'il comprenne bien, elle s'était bruyamment enfermée dans sa chambre.

— N'entre pas, sinon tu vas deviner ce que je suis en train de créer.

— Comme tu voudras, avait répliqué Salomon.

Cependant, le garçon s'inquiétait pour sa petite sœur. Comme elle était mauvaise en sciences, il l'avait toujours aidée à réaliser ce genre de travaux. Il avait envisagé un instant de lui révéler son secret, dans le seul but qu'elle accepte son aide. Mais sa création était trop spéciale ; il tenait à la réaliser à l'abri des regards.

Mme Alma, l'institutrice de Salomon, l'avait encouragé. Bien qu'au départ elle ignorât elle aussi de quoi il s'agissait (il n'avait pas voulu la mettre dans la confidence), elle savait que ce serait un bon projet.

— Tu as envie de gagner, n'est-ce pas ? lui avait-elle demandé.

En effet, le gagnant aurait le droit de participer à un camp animé par de vrais scientifiques.

— Tu aurais ainsi l'occasion de voir un accélérateur de particules en vrai. Tu as de très grandes chances de remporter le concours.

Un autre jour, Mme Alma avait pris Salomon à part :

— Je suis sûre que tu es en train de concevoir une machine extraordinaire. Si tu m'en disais un peu plus, je pourrais peut-être t'organiser quelque chose d'exceptionnel. Vois-tu, le directeur souhaiterait que nos meilleurs élèves présentent leur exposé devant toute l'école. Alors je lui ai dit : « Commençons par Salomon ! » Et il a accepté. Nous avons pensé à d'autres élèves, aussi. Pour nous décider, j'ai besoin de savoir ce que tu mijotes.

Salomon avait donc confié son secret à Mme Alma, contre la promesse qu'elle ne le répéterait à personne, pas même au directeur. Elle lui avait donné sa parole, et lui avait assuré, quelques jours plus tard, que tout était arrangé.

Mme Alma était un professeur fantastique. Salomon l'avait toujours aimée. Il n'était pas amoureux d'elle, bien sûr, mais elle le comprenait si bien !

Le concours approchait, Salomon continuait à travailler sur son appareil. Il assemblait des circuits imprimés et des puces électroniques, et n'arrêtait pas de s'imaginer le jour J. Il savait qu'il aurait mieux fait de se concentrer sur son invention elle-même, plutôt que sur sa possible victoire et sur l'obtention du prix. Ce n'était pas ça, le plus important ; les scientifiques pratiquent la science pour la science, essayait-il de se raisonner.

Or, Salomon avait soudain découvert qu'il était obsédé par le succès. Au cours des semaines précédant le fameux événement, il avait l'impression que tout célébrait son futur triomphe. Le matin, assis à la table du petit déjeuner, il voyait ses céréales écrire le mot *RÉUSSITE*… Enfin, à condition qu'il scrutât le bol d'assez près… Puis, dans le car qui l'emmenait à l'école, les enseignes des magasins ne portaient plus des inscriptions du type : *VIDANGE, ŒUFS FRAIS, JOYEUSES PÂQUES*. Non, à la place, le garçon lisait : *SALOMON, JEUNE GÉNIE, VAINQUEUR DU CONCOURS SCIENTIFIQUE*. Lorsqu'il s'ennuyait pendant une leçon qu'il connaissait déjà, il imaginait Mme Alma proclamant devant toute la classe : « Bravo, Salomon, tu as gagné le premier prix ! »

La veille de la fête de la science, après avoir testé une dernière fois son appareil de détection thermique, Salomon l'avait placé dans une grande boîte qu'il avait mise en sécurité dans son placard fermé à clé. Il était sûr que, là, il ne pourrait rien lui arriver. Puis il était sorti dans le jardin pour observer le ciel nocturne avec son télescope. Saturne était bien visible ; ses anneaux formaient une belle ligne autour de la planète. Le garçon s'était dit que, si son télescope avait été plus puissant, il aurait pu apercevoir, inscrits sur les particules de carbone et de glace de ces anneaux, les mots : *SALOMON A GAGNÉ*. À cet instant, le garçon avait eu l'impression que quelqu'un l'observait. Il s'était retourné : dans sa chambre, la lumière était allumée et le rideau à moitié tiré, mais il n'y avait vu personne.

Le jour J, Salomon et Constance avaient pris le car pour aller à l'école. Salomon avait traîné sa boîte à travers le hall jusque dans la salle de Mme Alma et l'avait poussée dans un coin, bien à l'abri.

Puis il s'en était allé regarder les projets que les autres élèves avaient déjà exposés. Il avait vite remarqué que ses camarades de classe avaient apporté des créations très simples. Personne n'avait véritablement réalisé autre chose que des panneaux d'informations. Le garçon le plus populaire de l'école présentait un élevage de vers. *LES VERS ET LEUR MODE DE VIE*, annonçait son affiche. La seule information intéressante était que ces invertébrés possédaient cinq cœurs.

« Mais tout le monde sait ça », avait songé Salomon.

La grande Anna, l'élève la plus douée de la classe de Salomon après lui, avait dessiné une pancarte qui avait pour titre : *CULTURES TRANSGÉNIQUES ET DÉTÉRIORATION DU PATRIMOINE GÉNÉTIQUE*. Le garçon trouva cette présentation excellente, même si ce n'était qu'une présentation, rien qui « fonctionne », contrairement à l'invention de Salomon.

Curieux de découvrir le projet de sa sœur, il s'était dirigé vers l'autre extrémité de l'école, là où les élèves les plus jeunes exposaient leurs travaux. Il regrettait encore que Constance eût refusé son aide. Arrivé à sa table, il s'était aperçu que les choses étaient pires que ce qu'il avait imaginé.

La prétendue expérience scientifique de Constance était intitulée : *LES AIMANTS S'ATTIRENT !!!* Devant elle, deux pauvres aimants étaient collés l'un à l'autre. Près d'eux, il y avait également un aimant décoratif, que Salomon – il l'aurait parié – avait vu sur leur réfrigérateur le matin même. Sans doute sa sœur avait-elle pensé à l'apporter à la dernière minute.

— Coucou, Constance ! avait-il lancé en s'efforçant de prendre un ton enjoué.

— Coucou, Salomon, avait répondu Constance.

— Ton expérience est chouette, avait-il dit, en désignant les deux aimants.

— Ouais, ouais…

— Tu sais, tu aurais pu expliquer aussi comment les aimants produisent de l'électricité. Je vais essayer de te dégoter une bobine de fils électriques et un ampèremètre…

— Je n'ai pas besoin de ton aide, l'avait interrompu Constance. Je sais que tu trouves mon travail nul. Ne t'inquiète pas pour moi. Tu as vérifié ton invention ?

Constance paraissait nerveuse, et très intéressée par la réponse qu'allait lui donner son frère.

— Je l'ai testée hier. Tout est prêt.

— Tu devrais peut-être recommencer.

— Mon œuvre est si compliquée que je ne peux pas faire ça en cinq minutes, Constance.

Salomon avait cru que sa sœur essayait de changer de sujet. Il avait jeté un coup d'œil aux trois pathétiques aimants :

— Sincèrement, Constance, je sais où est rangé le matériel scientifique. Je vais te dénicher d'autres objets aimantés, comme...

— Je n'ai besoin de rien ! avait crié Constance.

Il était un peu vexé que sa sœur ait si peu appris à son contact. Son panneau ne comportait même pas d'explications sur les pôles, ni sur les champs magnétiques. Et puis elle aurait dû l'intituler *Les contraires s'attirent*, et pas *Les aimants s'attirent* !

Constance avait deviné ses pensées.

— Je suis plus jeune que toi, avait-elle rappelé. Mon concours scientifique est différent du tien.

– C'est vrai, avait-il concédé. Je suis juste venu te dire que je ferai ma démonstration à dix heures précises, sur le terrain de sport des grands. Ne sois pas en retard ! Juste une dernière chose : tu aurais pu écrire *Les contraires s'attirent*, parce que les aimants ont deux pôles et…

– S'il te plaît, va vérifier ton matériel, avait insisté Constance en soupirant.

Ignorant le conseil de sa sœur, il avait conclu :

– Je suis pressé que tu voies ma création. Ça va être fantastique !

Constance avait semblé encore plus nerveuse. Elle avait détourné la tête :

– Bonne chance, Salomon.

À dix heures moins le quart, le haut-parleur invitait tout le monde à se rendre sur le terrain de sport des grands, afin « d'assister à des démonstrations spéciales, réalisées par nos élèves de CM2 ». Salomon, lui, était retourné dans sa classe. Mme Alma l'avait aidé à transporter sa boîte sur la pelouse. Salomon en avait sorti une unité plate noire dotée de pieds qui se dépliaient, une petite antenne parabolique, et un grand écran d'ordinateur. Ensuite, il avait dirigé son appareil sur l'école.

Obéissant aux consignes des enseignants, les autres élèves s'étaient mis en rangs. Ils chahutaient et ne prêtaient pas attention à Salomon. Cependant, lorsque M. Warrick, le directeur, était arrivé, tout le monde s'était calmé.

Salomon avait positionné son écran de sorte que tous puissent le voir. Élèves et professeurs s'étaient massés devant lui. Il avait été heureux de constater que Constance était au milieu de l'assemblée et qu'elle avait trouvé une bonne place, au premier rang.

Il avait consulté sa montre. Il était dix heures.

Tout s'était déroulé exactement comme il l'avait imaginé. Enfin, au début…

Après avoir grondé un groupe de CM1 perturbateurs, M. Warrick avait prononcé un bref discours. Il avait déclaré qu'ils allaient assister à « une expérience scientifique véritablement fascinante ». Salomon s'agitait, de plus en plus

stressé. Deux élèves avaient crié quelque chose à propos du « savant fou ».

Debout, face à toute l'école, Salomon se disait qu'à la suite de cet exposé sa vie allait changer. Elle avait déjà commencé à changer pour le mieux.

Une fois l'introduction du directeur terminée, Salomon s'était avancé. Il avait fixé Mme Alma et annoncé aussi fort que possible :

— L'œuvre que je présente est un appareil de détection thermique longue distance.

Mme Alma lui avait fait signe de regarder le public. Salomon s'était tourné vers ses camarades.

— L'œuvre que je présente est un appareil de détection thermique longue distance, avait-il répété. Je l'ai fabriqué moi-même à partir de pièces détachées. Certains dispositifs de ce genre existent déjà, mais le mien comporte des caractéristiques particulières. Non seulement il indique les variations de la chaleur, mais également la source de la chaleur qu'il détecte. Ça peut être un feu de forêt, par exemple, ou une lampe, un radiateur électrique, un important groupe de personnes, voire le soleil. Il mesure les paramètres de la chaleur et fournit une information précise, basée sur ces données.

Salomon ne savait pas si les élèves comprenaient ce qu'il disait.

— L'écran affiche cette information à droite, avait-il poursuivi. À présent, j'aimerais vous faire une démonstration sur l'école.

Au moment où il avait appuyé sur le bouton, une douloureuse décharge électrique lui avait traversé le corps et l'avait jeté à terre. Lorsqu'il avait levé les yeux, Salomon avait vu des étincelles sortir de son invention, ainsi qu'un minuscule nuage de fumée.

L'écran s'était mis à projeter des phrases que Salomon avait tapées lors de ses premiers tests :

Constance est parfois agaçante.

Je suis un génie.

J'aime Mme Alma.

M. Warrick est un crétin.

Tous les élèves hurlaient de rire. C'est du moins ce que Salomon, encore sonné par la décharge électrique, avait cru entendre. Mme Alma, d'abord figée sur place, s'était ensuite précipitée vers lui. Quant au directeur, il n'avait pas ri du tout en voyant la phrase qui le concernait apparaître sur l'écran.

C'est alors que quelqu'un avait crié :

— L'école est en feu !

Un nuage de fumée s'était échappé de la fenêtre de la cantine.

Salomon avait bondi sur ses pieds. Les élèves formaient une masse indistincte devant ses yeux : les larmes lui brouillaient la vue. Le moins qu'on puisse dire, c'est que son exposé ne s'était pas passé comme il l'avait imaginé. Il s'était mis à courir et avait quitté l'école à toutes jambes. Il avait dévalé la rue jusque chez lui, s'était précipité dans la maison, dans sa chambre et s'était jeté sur son lit.

Quelle erreur avait-il commise ? Il bourrait son matelas de coups de pieds et son oreiller de coups de poings. Son appareil aurait dû fonctionner ! Puis une question lui était venue à l'esprit : quelqu'un avait-il dit que l'école était en flammes ?

Jamais il n'étudierait avec de brillants scientifiques dans un camp d'été. Jamais il ne verrait d'accélérateur de particules en vrai. Il n'irait jamais nulle part. Il se sentait même incapable de retourner en classe.

Constance était rentrée un peu plus tard.

— Ne t'inquiète pas, l'incendie a vite été éteint, avait-elle dit. Les élèves se demandent si c'est ton invention qui l'a provoqué ou si c'est juste le cuisinier. En tout cas, il n'y a pas beaucoup de dégâts. L'un des murs de la cantine a brûlé ; ça a dessiné comme un monstre noir dessus.

Constance avait tendu à son frère la boîte dans laquelle elle avait remis son matériel en vrac. Elle semblait très triste.

Salomon n'avait jamais découvert ce qui s'était détraqué. Plus tard ce soir-là, il avait commencé à démonter son invention en cherchant un mauvais raccordement, mais il avait abandonné avant d'avoir tout vérifié. C'était au-dessus de ses forces. Il avait rangé sa création à moitié assemblée dans sa boîte et l'avait fourrée dans son placard, qu'il ne s'était plus donné la peine de fermer à clé.

Constance, quant à elle, avait reçu une étoile verte pour son exposé, comme à peu près tous les élèves de son âge.

— Tu pourrais réparer ton appareil, avait-elle suggéré à Salomon. C'était sans doute juste un tout petit problème. Tu le gagneras l'année prochaine, le concours...

Constance tenait tant à lui remonter le moral qu'elle était sortie lui acheter un cadeau. Elle le lui avait tendu d'un air penaud. Il s'agissait de la plaque sur laquelle était inscrite la célèbre citation de Thomas Edison : *Ceux qui échouent ignorent souvent à quel point ils étaient près du but quand ils ont abandonné.*

— C'est censé me réconforter ? avait demandé Salomon. Je sais que j'ai échoué lamentablement. Tu n'es pas obligée de me le rappeler.

— Mais non, Salomon, tu n'as pas échoué lamentablement ! avait protesté Constance.

À présent, Salomon était assis dans la pénombre de sa chambre. Son indicateur temporel et météorologique affichait : *17 °C, 859 hPa, 4 h 41, ensoleillé.*

Le garçon regarda Constance. Elle dormait, en émettant de légers bruits de respiration — on n'entendait rien d'autre dans la pièce. Il jeta un coup d'œil à la porte de son placard. Pourquoi avait-il emporté l'invention ratée ? Il était temps de s'en débarrasser une fois pour toutes.

Il se leva, s'étira, repoussa ses cheveux en arrière et regarda par la fenêtre. La lumière dans la maison de Holaderry s'était éteinte.

Pour l'heure, sa sœur et lui avaient d'autres ennuis.

Salomon se demanda s'il devait révéler à Constance ce qu'il avait appris dans le livre de la bibliothèque, ou s'il valait mieux qu'elle l'ignorât.

Lorsqu'elle se réveilla, la fillette fut surprise de trouver son frère debout. Il était très tôt, à en juger par la douce clarté qui pénétrait dans la chambre. Salomon avait l'air fatigué.

— Qu'est-ce qui ne va pas ? s'enquit Constance.

Salomon se tourna vers sa sœur, ses lèvres minces pincées comme chaque fois qu'il avait un mystère à résoudre :

— Écoute, Constance : l'os que le chien avait dans la gueule, hier, c'était un os humain.

6. Ici, on aime toutes les bêtes, petites et grandes

Le soleil se levait sur Grand Creek, embrasant les montagnes. Derrière la fenêtre de la chambre de Salomon et Constance, des grives des bois poussaient de brefs jacassements.

Leurs cris parvinrent jusqu'à Salomon, qui était assis sur son lit. Il avait rédigé une liste de toutes les raisons pour lesquelles le chien de la voisine aurait pu mordiller un os humain. Salomon procédait avec méthode. Dans un premier temps, Constance et lui envisageraient toutes les possibilités, pour ne retenir ensuite que les plus valables.

C'est ce que Salomon expliqua à sa sœur, qui monta s'installer à côté de lui.

— Tu veux que je te lise la liste ? proposa-t-il.

La fillette acquiesça.

— D'abord, cette femme pourrait être médecin, proposa Salomon.

— Mais pourquoi aurait-elle cet os chez elle ?

— Il pourrait provenir de l'un de ces squelettes qui servent de modèles, expliqua Salomon. On utilise de vrais os pour les confectionner. Ou elle a peut-être amputé une jambe, un jour.

— Chez elle ? Et elle aurait gardé l'os en souvenir ?

Salomon haussa les épaules.

— Nous ne devons écarter aucune hypothèse. En voici une autre : cette femme travaille pour les pompes funèbres, continua-t-il de lire sur la liste.

— Qu'est-ce que c'est que ça ?

— Une entreprise qui s'occupe des enterrements.

— Dans ce cas, elle ne serait pas censée *enterrer* les corps ?

— Il se pourrait que l'os provienne d'un corps dont elle s'occupe en ce moment.

— Le chien ne jouait pas avec une jambe entière, juste avec un os.

— Peu importe. Ça reste une possibilité.

Salomon commençait à se vexer. Il s'éclaircit la gorge :

— Bon, voici ma dernière hypothèse : notre voisine est un savant qui fait des expériences sur les greffes d'os ou quelque chose de ce genre.

— Ça, c'est bien.

— Cette supposition te plaît ? Super ! s'exclama Salomon en dessinant une croix sur la liste à côté de cette éventualité. Et toi, tu en as d'autres ?

Constance réfléchit.

— Non, admit-elle.

— Je suis sûr que nous ne les avons pas toutes passées en revue, déclara Salomon. Mais nous allons commencer par celles-ci. Si cette femme est médecin, elle devrait avoir une plaque. Et, si elle travaille pour les pompes funèbres, un magasin. Si c'est une savante, enfin, nous trouverons sans doute son nom sur le site Internet d'une université, ou, au moins, le titre d'un article qu'elle aura écrit.

Salomon mâchouilla son crayon :

— C'est dommage que nous n'ayons pas encore Internet à la maison. Il faudra que nous allions faire des recherches à la bibliothèque. C'est le seul moyen pour obtenir des informations sur cette dame.

Salomon et Constance se rendirent à la cuisine pour prendre leur petit déjeuner. M. et Mme Blink étaient déjà en train de déguster leur café et leurs œufs. En voyant les

enfants, M. Blink sourit, se leva pour prendre son téléphone et composa un numéro — c'était l'une des étapes
de ce qu'il considérait comme son plan ingénieux pour se
débarrasser d'eux. Durant toute la durée de son appel, il
ne les quitta pas des yeux afin de s'assurer qu'ils écoutaient
ce qu'il racontait.

— Oui, bonjour, dit-il à son interlocuteur. C'est
M. Blink à l'appareil. Je vous ai téléphoné il y a quelque
temps pour avoir une baby-sitter demain. Mercredi. Voilà.
Si cher ? Bon, ce n'est pas grave, mes enfants le valent bien.

Il finit de régler les détails, raccrocha et fit un signe de
tête à Salomon et Constance :

— Vous voyez ? Tout est parfaitement normal. Aujour-d'hui, c'est mardi ; nous allons faire un tour en ville. Il n'y a rien d'étrange à cela. Et, pour demain, j'ai commandé une baby-sitter puisque…

Il toussa avant de poursuivre :

— … puisque vous serez encore là, c'est sûr et certain.

M. Blink afficha un large sourire, enjamba un carton et prit ses clés qui étaient posées sur le comptoir. Elles tintèrent lorsqu'il les mit dans sa poche.

— Alors, allons en ville ! lança-t-il.

Mme Blink intervint d'un ton enjoué :

— Très bonne idée, mon chéri ! Amusez-vous bien, les enfants ! Au revoir !

— J'arrive dans une seconde, fit Salomon.

Il retourna dans sa chambre en vitesse et revint en four-rant des feuilles pliées dans son sac à dos :

— Je suis prêt !

Derrière l'immeuble des Blink, il y avait un parking de huit emplacements. Salomon, Constance et M. Blink montèrent dans leur voiture. Ils tournèrent à droite et passèrent devant la maison de Holaderry. Un homme de petite taille, avec une tête minuscule, en sortit en sifflant. Quand il aperçut Salomon et Constance qui le regardaient à travers la vitre, il tourna brusquement les talons et se mit à courir.

— Nous pourrions interroger ce type au sujet de la voisine, chuchota Constance à Salomon, en plaisantant à moitié.

— Il n'avait pas l'air de vouloir nous parler, constata Salomon.

Le garçon observa la maison jusqu'à ce qu'elle disparaisse derrière lui.

« Quel secret peut-elle donc bien renfermer ? » s'interrogea-t-il.

M. Blink les conduisit à la périphérie de la ville. Les enfants regardaient le paysage avec curiosité. Ils étaient habitués aux terres agricoles ; aussi, Grand Creek les surprenait. Les bâtiments avaient été construits de façon à résister aux éléments. Les volets se fermaient automatiquement en cas de tempête. Les toits très pentus, comme pour imiter les montagnes alentour, laissaient glisser la neige, l'hiver. Enfin, les arbres plantés devant les maisons protégeaient leurs habitants du soleil estival.

Grand Creek était une ville rude, au climat extrême, mais elle dégageait un sentiment de gaieté. De belles pelouses poussaient dans chaque jardin. Des décorations de bois et de métal en forme d'oiseau, de papillon et d'autres animaux ornaient les façades des maisons. Un grand nombre d'entre elles étaient peintes de couleurs vives : rouge et blanc à l'image d'un champignon vénéneux, ou jaune et vert tel un tournesol. En dépit de ces petites touches d'originalité, Grand Creek apparaissait aux yeux de Salomon et de Constance comme une ville tout à fait normale.

Longtemps auparavant, d'autres enfants avaient été conduits ici, lorsqu'il y avait encore un bois — lequel bois, lui aussi, leur avait paru tout à fait normal.

La leçon à retenir, voyez-vous, c'est qu'il ne faut jamais se fier aux apparences.

Ce matin-là, M. Blink avait un drôle de comportement. Il emprunta un petit pont qui passait au-dessus d'un ruisseau, puis il tourna plusieurs fois à droite et à gauche, comme s'il cherchait un endroit qu'il n'arrivait pas à trouver. À un moment, il marmonna pour lui-même :

— Eh ben, on n'est pas sortis de l'auberge !

— Comment, papa ? demanda Salomon.

— J'ai dit quelque chose ?

— Tu as dit : « On n'est pas sortis de l'auberge. »

— Ah bon ? C'est bizarre…, bredouilla M. Blink.

Il prit encore quelques virages, avant de garer la voiture dans une ruelle bordée de maisons tranquilles. Tandis qu'ils en descendaient tous les trois, il déclara :

— J'ai des courses à faire.

Il emmena les enfants dans une rue commerçante très calme, située un peu à l'écart du centre de Grand Creek.

Au coin de la rue, Salomon dit :

— Chênes.

— Quoi ? fit M. Blink.

— Chemin des Chênes, répondit Salomon en désignant la plaque de la rue. C'est là que nous sommes garés.

— Ah oui, fit M. Blink qui n'appréciait pas trop l'attention que Salomon portait aux choses. Je vous retrouve ici dans une heure. Ou peut-être… dans un peu plus longtemps. Promenez-vous et amusez-vous bien.

Puis il s'éloigna rapidement.

Sans le savoir, Salomon et Constance eurent la chance de choisir la rue de gauche, et non celle de droite, à cette intersection. Ils passèrent devant des magasins. Les arbres plantés de chaque côté de la chaussée plongeaient dans l'ombre les trottoirs sur lesquels les enfants marchaient. Ils longèrent la vitrine d'une boutique de bibelots, où un violon ancien était à vendre. Ils entrèrent ensuite dans une vieille épicerie devant laquelle étaient disposées des corbeilles de pommes et de pêches. Ils poursuivirent leur promenade et arrivèrent devant une autre vitrine, à moitié cachée par un arbre peuplé d'une multitude de grives qui jacassaient sans s'arrêter.

Une enseigne usée annonçait : *TOUTES LES BÊTES, PETITES ET GRANDES*. Des vitres carrées, encadrées par de minces bandes de bois, permettaient de voir l'intérieur du magasin, étroit et encombré. Une feuille collée sur un carreau disait : *Toilettage et soins canins. Tout pour les chats. Ici, on aime toutes les bêtes, petites et grandes.* Sur une autre vitre, un prospectus annonçait : *Trois énigmes résolues = un lot gagné !*

Salomon s'arrêta pour fixer l'affiche.

— Tu es doué pour les énigmes, fit remarquer Constance. Tu devrais tenter ta chance.

— Je ne sais pas. Je n'ai même pas été capable de remporter notre pari, hier.

Constance détourna la tête. Les paroles de son frère la mettaient mal à l'aise. Elle n'arrivait pas à le regarder dans les yeux.

— Allez, Salomon, entrons ! En plus, j'aimerais bien voir des animaux.

La fillette tint la porte à son frère, et tous deux pénétrèrent dans la boutique. Aussitôt, ils furent frappés par une odeur de chien mouillé. De petites étagères contenaient des aliments pour animaux, des colliers pour chiens, des graines, des cages à oiseaux et des aquariums. Dans le fond, un grand chien de berger se faisait toiletter dans une baignoire surélevée. L'homme qui le frottait lui ressemblait tant que ce devait être son maître.

La responsable du magasin sortit de l'arrière-boutique. C'était une grosse dame, aussi massive qu'un ours, qui marchait avec une canne.

Ainsi que l'annonçait l'enseigne, cette femme aimait toutes les bêtes, petites et grandes. Et cela, depuis des siècles. Comme Holaderry, elle habitait à l'ombre des montagnes depuis un nombre incalculable d'années, bien avant que la ville eût été construite. Le paysage, alors, n'était composé que de bois denses et de ruisseaux bouillonnants, et l'air résonnait des bruissements des insectes, des cris des oiseaux et des murmures de la vie de la forêt. Cette femme avait aidé beaucoup d'enfants à échapper à Holaderry. Quand les animaux les avaient trouvés avant elle, ils les lui avaient amenés pour qu'elle les mette à l'abri.

Mais une nuit, lors d'un orage terrible, Holaderry et elle s'étaient rencontrées, et la sorcière l'avait vaincue.

Elle lui avait volé un objet de grande importance, et depuis lors, cette dame était victime d'une malédiction : elle ne pouvait plus aider les enfants à sortir de la forêt. Lorsque la ville avait poussé autour de ces deux ennemies, la femme avait ouvert sa boutique. C'était un lieu dédié aux seules créatures dont elle pouvait encore s'occuper : les animaux. Tous les animaux de Grand Creek y étaient donc les bienvenus, y compris Swift, le chien de Holaderry.

La grive des bois avait informé la dame de l'arrivée de Salomon et Constance, aussi nourrissait-elle l'espoir de trouver un moyen de les secourir. Hélas, quand ils entrèrent dans son magasin, elle ne l'avait pas encore trouvé.

Elle s'avança lentement vers eux et les accueillit en récitant une comptine qui avait été écrite dans une drôle de langue (elle en parlait plusieurs) :

— *Drei Rätsel habe ich*
ihr lieben Kinderlein,
werden euch sehr hilfreich sein.

— C'est de l'allemand, chuchota Salomon à sa sœur.

— Qu'est-ce que ça veut dire ?

— Je n'en sais rien !

— Bienvenue, les enfants ! continua la dame. J'espérais que vous viendriez me rendre visite. Voyez-vous, j'aime toutes les bêtes...

— … petites et grandes, termina Constance.

— Je vois que tu sais lire, releva la commerçante en riant et en pointant sa canne sur la fillette. Et je crois…

Elle fixa Constance droit dans les yeux. D'ordinaire, c'était Constance qui était capable de juger quelqu'un d'après son regard. Là, la fillette eut le sentiment que la commerçante devinait ses pensées.

— Je crois que tu adores les animaux, toi aussi.

Constance acquiesça. Pour une fois, elle restait silencieuse. Il y avait quelque chose chez cette femme qu'elle aimait beaucoup, et cela l'intimidait.

— Bon, que puis-je faire pour vous ? demanda la dame.

« Malheureusement, pas grand-chose », pensait-elle.

— Je suis intéressé par les devinettes, déclara Salomon. Celles qui permettent de gagner un lot.

— Je m'en doutais ! Bravo ! s'exclama la dame en agitant sa canne. Mais si tu réponds mal, que me donneras-tu ?

— Ce que je vous donnerai ?

— Eh oui, c'est le principe des énigmes. Il y en a trois. Si tu les résous, je te donnerai quelque chose. En revanche, si tu ne trouves pas les bonnes réponses, c'est toi qui me devras quelque chose.

— Mais je n'ai rien à donner…

— Ça peut n'être pas grand-chose, dit la femme. Je ne suis pas très gourmande. Seulement, les règles sont les règles, et toi et moi, nous sommes obligés de les suivre. Je le regrette, mais c'est ainsi.

Elle pensait à la malédiction qui la frappait.

— J'hésite, dit Salomon.

Il consulta Constance du regard. La fillette savait qu'il songeait à son pari perdu et à son expérience ratée avec son appareil de détection thermique. Il ignorait qu'il n'était responsable d'aucun de ces deux échecs.

— Allez, Salomon, l'encouragea Constance. Tu peux le faire. J'en suis sûre. Tu es si intelligent !

Lorsque la commerçante jeta un coup d'œil à Constance, celle-ci eut l'impression que la femme savait tout ce qu'elle avait fait, qu'elle connaissait ses honteux secrets.

— Veux-tu entendre la première devinette, avant de te décider ? proposa la dame à Salomon. Ça, les règles l'autorisent.

— C'est vrai ?

— Oui. Et ces énigmes… Je pense que c'est une bonne idée que tu essayes de les résoudre.

— Eh bien…

Salomon regarda sa sœur :

— C'est vrai que je suis bon en devinettes. Quand j'étais petit, j'en apprenais plein. Allez, dites-moi la première !

— Bien !

La femme pointa sa canne sur Salomon, qui recula d'un pas. C'était étonnant de la voir agiter ce grand bâton dans tous les sens sans heurter quoi que ce soit, mais, après tout, c'était son magasin…

— La voici, commença-t-elle. Ouvre grand tes oreilles…

Moins on la nourrit, plus elle grandit.

Les pauvres en ont beaucoup, les riches très peu.

Si elle devient énorme, elle disparaît.

Tout le monde l'a un jour ou l'autre.

7. La troisième énigme

— Je la connais, celle-ci ! affirma Salomon.

— Veux-tu essayer les deux autres ?

— Oui.

— D'accord. Mais d'abord, quelle est la réponse de la première ?

— La faim. Moins on la nourrit, plus elle grandit. Les pauvres l'ont plus que les riches. Et, si on en a trop, on meurt et elle disparaît.

— C'est tout à fait exact. Bon, voici la deuxième…

Deux personnes se trouvaient dans une maison.

Aucune d'elles n'en sortit,

aucune autre n'y entra.

Pourtant, plus tard, il y en eut trois.

— Deux personnes ? Ensuite trois ? Sans que quiconque n'arrive ou ne parte ?

— Oui.

Salomon réfléchit, en levant les yeux au plafond :

— Personne n'est entré par la cheminée ou les tuyaux ou autre part ?

La dame secoua la tête.

— J'ai trouvé ! s'écria Salomon. C'est une bonne devinette ! Il s'agit d'un enfant. Les deux personnes du début sont le père et la mère ; la femme donne naissance à un enfant, et donc, ensuite, ils sont trois.

— Bravo ! Une dernière, et je te donnerai une récompense. Écoute bien...

Invisible et intangible, je peux pourtant être senti.

Je suis quelque chose que l'on donne,

pas pour un anniversaire ou une occasion spéciale,

mais lorsque ce n'est pas mérité.

— Pouvez-vous répéter, s'il vous plaît ?

La femme s'exécuta.

— Invisible et intangible, mais que l'on peut sentir... Le vent ? hasarda Salomon. Non, ça n'a pas l'air d'être la bonne réponse.

Il posa le menton sur sa main, concentré :

— Puis-je avoir un peu de temps pour réfléchir ?

— Je regrette, mais tu dois répondre maintenant si tu

veux gagner. Je vais aller aider mon client, là-bas. Quand je reviendrai, il faudra que tu me donnes ta réponse.

Sur ce, s'aidant de sa canne, elle alla vers l'homme qui toilettait son chien de berger.

À présent, il était en train de le sécher à l'aide d'un tuyau qui ressemblait à celui d'un aspirateur. Quoique mécontent, l'animal supportait patiemment cette épreuve. La commerçante et son client eurent une brève conversation cordiale.

— Je donne ma langue au chat, chuchota Salomon à Constance.

— Allez, je suis sûre que tu peux résoudre cette énigme, Salomon !

— Tu connais la réponse, toi ?

— Moi ? Tu plaisantes ?

La dame revint vers les enfants :

— Le temps est écoulé. As-tu trouvé ?

— Non, avoua Salomon, déçu.

L'espace d'un instant, la femme parut surprise. Elle hocha la tête.

— En tout cas, tu as essayé, n'est-ce pas ? dit-elle en se parlant à moitié à elle-même. Cela vaut quelque chose. Forcément.

Elle alla dans une allée de la boutique, tendit la main vers un rayon et sortit un objet d'une boîte :

— Tiens, je peux quand même te donner ça.

Elle glissa la récompense dans la main du garçon et lui referma les doigts dessus. Salomon ouvrit sa paume et découvrit un biscuit pour chien en forme d'os.

— Maintenant, tu vas devoir me rendre un service. Rien de très difficile. Les baignoires ont besoin d'être nettoyées. Je déteste le faire. Et, puisque je suis certaine que ta sœur aurait voulu que tu partages ta récompense avec elle si tu avais gagné, je pense qu'elle peut aussi partager ta corvée.

La dame tapa le sol de sa canne pour montrer qu'aucune négociation n'était possible.

— Et j'ai une autre faveur à te demander. À toi seul. Cela te semblera simple, pourtant, ça ne l'est pas. *N'abandonne pas.* La prochaine fois, n'abandonne pas.

— La prochaine fois que je devrai répondre à vos devinettes ?

— Peut-être que oui, peut-être que non.

La femme balaya son magasin d'un regard triste. Redeviendrait-elle jamais libre d'aider des enfants comme ceux-ci ?

— Bon, le travail vous attend !

Elle donna à Salomon et à Constance des produits de nettoyage — non toxiques, entièrement naturels, bien entendu —, et les enfants s'en allèrent récurer les deux baignoires, dans le fond du magasin. Le maître du chien de berger aida son compagnon à sortir de la sienne.

— *Sitz!* commanda alors la commerçante au chien.

L'animal s'assit.

— Pourquoi n'avez-vous pas dit : « Assis ! » ? interrogea Constance.

– J'ai parlé en allemand, expliqua la femme. Je dresse tous les chiens dans cette langue. C'est l'une des premières que j'ai apprises, il y a longtemps. Écoute !

Elle prit un jouet sur un rayon et leva la paume de la main, comme pour dire au chien de s'arrêter.

– *Bleib !*

Elle lança le jouet. Le chien ne bougea pas.

– *Rapporte !* demanda-t-elle ensuite.

Aussitôt, l'animal courut, ramassa le jouet et alla le donner à la dame.

– Voici un autre ordre qu'il est bon de connaître, ajouta-t-elle. *Gib Laut !*

Le chien aboya. La commerçante lui caressa la tête.

– Je crois que tu ferais une bonne dresseuse, dit-elle à Constance.

– J'aimerais bien apprendre, répondit la fillette.

– Je t'enseignerai l'art du dressage un jour, peut-être. Pour l'heure, tu as du travail, rappela-t-elle en désignant les baignoires d'un signe de tête.

Salomon s'était déjà mis à l'œuvre. Constance l'imita à contrecœur. Ils passèrent une demi-heure à nettoyer les baignoires et à enlever les poils de chien des siphons. De temps en temps, entre deux clients, la responsable venait vérifier l'avancée de leur tâche. Elle allait aussi dans son arrière-boutique, refermant à chaque fois la porte derrière elle. Par l'embrasure, Constance y aperçut un chat noir.

« Quantum », pensa-t-elle.

Mais il était impossible que ce chat soit le sien.

La femme surprit le regard de Constance.

— Qu'y a-t-il dans cette pièce ? demanda la fillette.

— Tu tiens vraiment à le savoir ? Jusqu'à présent, c'est une expérience ratée.

La femme ouvrit la porte et suivit Constance à l'intérieur.

Un oiseau cria. La fillette leva la tête. Sur une poutre de la charpente, une grive allait et venait en observant, non pas Constance ou la commerçante, mais le chat noir qui faisait les cent pas en dessous. Il était plus petit que Quantum.

— J'apprends à ce chat à cohabiter avec cet oiseau. Mais il est très têtu ; il continue à essayer de le manger.

— Les chats ne chassent-ils pas les oiseaux par instinct ? demanda Constance.

— Les gens dépassent leurs instincts. Tu ne suis pas toujours les tiens, n'est-ce pas ? Tu peux choisir de faire ce qui est bien, plutôt que ce qui te fait juste plaisir. Les bêtes aussi, vois-tu. Même si je dois admettre qu'il est plus difficile d'enseigner cela à certaines espèces qu'à d'autres. Mais, un jour, j'y arriverai. J'ai tout mon temps.

La femme jeta un coup d'œil par la fenêtre, et son expression changea soudain.

— Le moment est venu pour vous de partir, déclara-t-elle.

Elle fit entrer Salomon dans la petite pièce, et poussa les enfants vers la porte de derrière. Ils se retrouvèrent sur un palier étroit où étaient entreposés des sacs de nourriture pour animaux et une serpillière. Des marches descendaient dans l'obscurité. La femme donna à ses jeunes visiteurs un petit coup de canne pour les inciter à emprunter l'escalier, et leur emboîta le pas. Le trio déboucha dans un réduit sombre, entouré de formes indistinctes. La commerçante rôda autour des enfants, la respiration haletante. Elle tendit la main vers une deuxième porte, qui s'ouvrit avec un déclic. La lumière du dehors entra à flots, aveuglante. La dame chassa Salomon et Constance sur le parking en leur recommandant :

— *Seid vorsichtig, meine Kinder.* Soyez prudents, mes enfants.

Elle referma la porte, puis remonta lentement dans sa boutique, en s'aidant toujours de sa canne.

— Ah, je vois que Swift a besoin d'un bain ! lança-t-elle en s'avançant pour accueillir sa cliente, qui franchissait juste le seuil.

C'était Holaderry, bien entendu.

Salomon et Constance retournèrent à l'endroit où M. Blink avait garé sa voiture.

Elle n'y était plus.

— C'est bizarre, marmonna Constance.

Le frère et la sœur arpentèrent le trottoir des deux côtés de la rue.

— Je me rappelle exactement où nous nous sommes garés, affirma Salomon. C'était ici ; j'en suis certain.

Mais la place de parking était vide.

8. Un aveu

— Nous avons été trop longs, se lamenta Constance. Il est parti. Comment allons-nous retrouver le chemin de la maison ? Nous sommes perdus, pour toujours !

— Ne sois pas ridicule, Constance ! Il est impossible de se perdre à notre âge dans une ville comme celle-ci, même si elle est nouvelle pour nous. Nous pourrions trouver des policiers en deux minutes et leur demander notre chemin. Mais ce n'est même pas la peine.

Salomon mit la main dans la poche arrière de son pantalon et en sortit une liasse de papiers bien pliés.

— Avant le déménagement, j'avais imprimé des cartes de la ville, des photos satellite, des adresses importantes et les itinéraires des bus, expliqua-t-il.

Il déplia ses documents et se mit à les étudier :

— Le chemin des Chênes. Regarde, il est là. Et voici notre maison, où j'ai fait une croix.

Constance était impressionnée. Certains élèves de leur ancienne école se seraient moqués de Salomon et l'auraient traité de savant fou en le voyant avec toutes ses cartes. Constance, elle, trouvait que son frère était très intelligent. Il pensait à des choses qui ne lui auraient jamais effleuré l'esprit.

Elle prit alors une décision : elle lui avouerait ce qu'elle avait fait. Dès que ce serait le bon moment.

— Le bus numéro 17 nous amènera chez nous, dit Salomon, en suivant du doigt l'itinéraire sur sa carte. Nous pouvons le prendre sur la route du Col.

Ils tournèrent au coin de la rue et arrivèrent devant l'arrêt des bus 17 et 3. Salomon aborda une passante :

— Excusez-moi, puis-je vous emprunter votre téléphone, s'il vous plaît ?

— Bien sûr, répondit la dame.

Salomon appela leur père. Il tomba sur le répondeur et laissa un message.

Après une longue attente, le bus numéro 17 arriva. Dix minutes plus tard, il atteignit le parc où Salomon et Constance avaient joué la veille. Le frère et la sœur descendirent du bus et se dirigèrent vers la bibliothèque.

— Il faut que nous trouvions des informations sur Holaderry, annonça le garçon. Allons-y avant de rentrer chez nous.

Les enfants entrèrent dans le bâtiment. Salomon utilisa le téléphone de la bibliothèque pour réessayer de joindre M. Blink. Il tomba de nouveau sur le répondeur.

— Nous sommes rentrés, papa, dit-il. Nous sommes à la bibliothèque du quartier. À tout à l'heure.

Il raccrocha.

— Il n'est pas gentil d'être parti, jugea Constance. Pourquoi a-t-il fait ça ?

— Il a peut-être eu une urgence, supposa Salomon, d'un ton peu convaincu.

Les ordinateurs réservés aux enfants étant toujours hors service, Salomon et Constance se rendirent dans la partie où étaient alignés les autres postes reliés à Internet. Ceux-ci étaient encore tous occupés, et Salomon s'inscrivit sur la liste d'attente.

Tandis qu'ils patientaient, le frère et la sœur discutèrent à voix basse de ce qu'ils auraient fait s'ils s'étaient réellement égarés, et s'ils n'avaient pas eu les cartes de Salomon.

— Alors ? interrogea le garçon.

— J'aurais trouvé un agent de police, répondit Constance. Il y en a beaucoup dans les grandes villes. Et je lui aurais demandé de m'aider.

— Et si tu te perdais en montagne ?

— Sans téléphone portable ?

— Oui.

— Je creuserais un trou pour m'abriter, dit Constance. Pour me nourrir, j'ai toujours une barre chocolatée avec moi. J'en mangerais exactement un cinquième chaque jour.

Prenant exemple sur son frère, Constance tentait de réfléchir de façon scientifique. Le garçon demeura silencieux un moment, observant les alentours.

— Salomon…, commença soudain Constance.

Il perçut un changement dans la voix de sa sœur.

— Oui ?

— Tu te souviens du pari qu'on a fait hier ?

Salomon hocha la tête.

— J'ai triché, avoua Constance. J'ai rajouté de l'eau dans le verre. C'est toi qui avais raison.

— Quoi ?

Le garçon avait un peu élevé le ton. Se rappelant qu'il se trouvait dans une bibliothèque, il chuchota :

— Pourquoi as-tu fait ça ?

— Je suis désolée.

Constance ne se sentait pas mieux qu'avant. Ça aurait pourtant dû être le cas, non ?

Le garçon dévisageait sa sœur. Et son visage prit peu à peu une autre expression.

— J'avais raison ? J'avais raison à propos des glaçons ? répéta-t-il d'une voix qui laissait penser qu'il était moins fâché. Je le savais !

À cet instant, un ordinateur se libéra. Salomon se leva aussitôt pour prendre la place. Constance avança une autre chaise, et ils se connectèrent à Internet. Salomon adressa à sa sœur une moue sarcastique, comme pour se moquer du fait qu'elle avait triché, et lui dire qu'il lui pardonnait. Puis il se tourna face à l'écran de l'ordinateur et se lança dans ses recherches.

Salomon tapa « Fay Holaderry » sur le clavier. Il espérait trouver des articles de savants, de professeurs d'université ou de médecins de la région. Mais il n'obtint que des données généalogiques : des listes de noms, de dates de naissance et de décès.

Il dénicha quelques photos dans les vieilles éditions du journal municipal, le *Grand Creek Mirror*, dont les archives avaient été mises en ligne. Parmi celles-ci figuraient des clichés d'une femme qui portait le même nom que leur voisine, pris lors de la construction de la mairie.

Cet événement s'était produit plus d'un siècle auparavant — cent quatre ans, pour être précis. On voyait la dénommée Holaderry assise dans l'une

des premières voitures ayant vu le jour à cette époque. La légende disait : *Mme Holaderry dans son automobile*. Sur un autre cliché, titré simplement *Les spectateurs*, on reconnaissait Holaderry au milieu de la foule, même si son identité n'était pas indiquée.

— Cette femme ressemble comme deux gouttes d'eau à notre voisine, constata Salomon.

— Mais ça ne peut pas être elle, rétorqua Constance.

Salomon poursuivit ses recherches dans les archives du journal et il dénicha un autre article, daté de 1873, où une Mme Holaderry était citée. Celui-ci était illustré d'une photographie très ancienne, d'une teinte grisâtre. Holaderry posait d'un air impassible. Entortillés en chignon, ses cheveux faisaient penser à une drôle de théière, dont les anses auraient été ses oreilles.

En fixant la femme de la photo, Constance n'eut soudain plus de doute : il s'agissait de la même personne que celle qu'elle avait rencontrée la veille.

Salomon imprima les clichés et l'article, puis les enfants quittèrent la bibliothèque.

— Il nous faut plus d'informations, déclara le garçon. Il se passe quelque chose de très étrange. Viens, rentrons chez nous.

En route vers la maison, Salomon, silencieux, réfléchissait. Tout à coup, comme un cheveu sur la soupe, il lança :

— Mais c'est bien sûr ! J'ai trouvé la réponse à la troisième devinette ! Quelque chose que l'on donne quand ce n'est pas mérité, que l'on ne peut ni voir ni toucher, mais sentir. C'est le pardon !

— Je le savais : tu es super intelligent ! s'écria Constance. Quand même, tu aurais pu trouver la réponse avant qu'on soit obligés de récurer les baignoires !

Les enfants approchaient de leur nouvel appartement. De l'autre côté de la rue, ils virent Holaderry sortir de sa voiture et entrer chez elle avec Swift.

Salomon tira Constance par le bras pour qu'elle s'arrête, et ils se cachèrent tous deux du mieux qu'ils purent, derrière une haie.

Holaderry ressortit aussitôt après, seule. Elle monta dans son véhicule et repartit.

— Il faut que nous entrions dans cette

maison, Constance. Et nous devrions le faire maintenant. Nous n'aurons peut-être pas d'autres occasions.

Constance ne fut pas surprise par l'idée de son frère. Il avait prévu cette visite depuis le début, elle le savait. Elle regarda la maison qui se dressait face à eux, et hocha la tête :

— D'accord, allons-y !

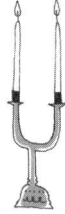

9. Dans la maison d'en face

Pendant ce temps-là, à l'appartement, M. et Mme Blink attaquaient un copieux repas aux chandelles, sur fond de musique douce. Ils fêtaient l'événement.

M. Blink pinça les lèvres et claqua des doigts ; il venait de se souvenir de quelque chose :

— Je devrais appeler la baby-sitter et annuler pour demain soir.

Il chercha son téléphone, qu'il retrouva dans sa chambre.

— Deux messages ? s'écria-t-il, étonné, en réapparaissant dans la salle à manger.

Il interrogea son répondeur, et se décomposa.

— Laisse-moi deviner…, dit Mme Blink.

— Ce… hum… Mon fils est trop intelligent… Tant mieux pour lui. Je ne sais pas comment il fait. J'ai eu beaucoup de difficultés à trouver cet endroit, ce matin. Il est assez facile de se perdre, dans ce coin-là. En tout cas, moi, je me suis perdu…

— Il est intelligent, en effet, tant mieux pour lui – mais tant pis pour toi, mon chéri.

M. Blink soupira, contrarié :

— Je ne fais jamais rien de bien.

Mme Blink inclina la tête, étonnamment compatissante. Elle s'approcha de son époux et l'enlaça :

— Tu n'es pas une lumière, c'est vrai, mais tu es ma lumière à moi. Enfin, ma petite loupiote. Allez, débarrassons la table.

— Oui, ils vont sans doute bientôt rentrer.

— N'annule pas la baby-sitter pour demain. Nous partirons quand même toute la journée. Et ne t'inquiète pas trop. Les enfants ne feront pas de vieux os dans cette ville.

Salomon et Constance contournèrent furtivement la demeure de Holaderry. Contre le treillage sur lequel poussaient les plantes grimpantes reposait un râteau. Un tuyau était enroulé à côté, tel un serpent. Salomon et Constance entrèrent dans la cour de derrière. Lorsque le garçon s'avança vers la porte de la maison, on entendit des aboiements à l'intérieur. Constance chuchota :

— C'est un gentil chien ; en plus, il nous connaît.

Salomon acquiesça. Swift n'avait rien d'un redoutable molosse, mais on n'est jamais trop prudent.

Le garçon chercha une clé près de la porte, sous les cailloux, derrière les haies :

— D'habitude, les gens cachent un double quelque part.

Constance, elle, tourna la poignée.

— C'est ouvert, constata-t-elle.

Aussitôt, Salomon passa devant sa sœur. En tant qu'aîné, il devait entrer le premier. Il poussa légèrement le battant jusqu'à ce qu'il pût voir Swift, qui avait cessé d'aboyer et s'était mis à gémir.

— Tout va bien, Swift. Ce n'est que nous, murmura Salomon.

Il ouvrit davantage et laissa l'animal sentir sa main et la lécher. Salomon se souvint qu'il avait un biscuit pour chien dans sa poche et le prit. Il s'était cassé en trois morceaux.

Le garçon donna deux bouts à Swift, qui les avala en un éclair, et remit le dernier dans sa poche.

— Tu auras le reste plus tard.

Les enfants pénétrèrent dans la cuisine. Salomon referma la porte sans bruit, tandis que Constance caressait la tête du chien.

— Nous devons nous dépêcher, recommanda-t-il. Nous ne savons pas quand elle reviendra.

— Vu qu'elle a pris sa voiture, elle est sans doute partie faire des courses, supposa Constance. Elle peut en avoir pour plusieurs heures.

— Mieux vaut être méfiants.

— Je suis certaine qu'elle en a au moins pour une heure, assura Constance.

— Alors, c'est le temps dont nous disposons pour découvrir qui elle est exactement.

— Dommage que tu ne puisses pas nous le dire ! lança Constance au chien.

La cuisine ne fournit aucun indice sur la propriétaire. Seules deux tasses près de l'évier indiquaient que Holaderry avait eu de la visite. Salomon se rappela l'homme à la drôle de petite tête qui avait quitté la maison quelques heures plus tôt.

Passant dans le salon, les enfants eurent la confirmation que Holaderry manigançait quelque chose de bizarre. La pièce ressemblait à un jardin d'intérieur. Des herbes séchaient la tête en bas sur les murs. D'étranges variétés de plantes en pots étaient disposées autour de meubles anciens. Des étiquettes enfoncées dans la terre portaient les inscriptions suivantes : *Bon contre l'arthrite*, *Pour de beaux rêves* et *Sentez-moi*.

Swift sur les talons, Constance s'approcha du pot qui portait cette dernière inscription. Le nez contre la grande

fleur rouge en forme de cloche qui y poussait, elle inspira profondément.

— Constance, éloigne-toi de ça ! ordonna Salomon.

Le garçon, qui avait accouru à ses côtés, écarta sa sœur de la plante. Ce faisant, il s'approcha involontairement du bulbe rouge. Il en sentit lui aussi l'odeur, et un sourire se dessina aussitôt sur ses lèvres.

— Attention, la prévint-il entre deux gloussements, nous ne connaissons pas ces plantes.

— Celle-ci sent si bon, Salomon ! s'extasia Constance. On dirait… on dirait…

Constance ne réussit pas à définir cette odeur. Tout ce qu'elle savait, c'est qu'elle était très amusante. La fillette colla son visage contre le museau de Swift, qui se mit à la lécher. Soudain, elle trouva Swift très comique, et elle fut prise d'un terrible fou rire, comme cela lui arrivait parfois lorsqu'elle veillait trop tard le soir.

Salomon observa sa sœur. Toute à son jeu, elle sautait à présent à cloche-pied au milieu du salon.

— Il y a un truc qui ne va pas, conclut-il.

Il avait envie de rire, lui aussi.

— Nous n'avons pas beaucoup de temps. Il faut que nous trouvions d'autres informations sur notre voisine.

Constance se mit à quatre pattes à côté de Swift.

– Salomon, je suis un toutou ! s'écria-t-elle.

Puis elle aboya, lécha la gueule de Swift et mima un chien en train de faire pipi.

– Constance ! Qu'est-ce qui t'arrive ? demanda Salomon en ricanant sottement.

Constance se releva et fourra son index dans son nez. Salomon imita sa sœur.

– Regarde, Constance ! dit-il.

Et tous deux éclatèrent de rire.

Le garçon essaya de se calmer :

– Viens, nous devons aller inspecter l'étage. La chambre nous en apprendra sans doute davantage.

Le regard de la fillette prouvait que, malgré les apparences, elle comprenait l'urgence de la situation. Elle hurla : « À l'étage ! », passa comme une flèche devant Salomon, s'engouffra dans le couloir et monta les marches quatre à quatre, avec la délicatesse d'un éléphant. S'efforçant de garder son sérieux, Salomon la suivit, Swift sur ses talons. En haut, le trio pénétra dans la chambre de Holaderry.

La pièce n'était pas immense, mais elle donnait une impression de luxe vieillot. D'énormes oreillers étaient disposés sur le lit. Sur une commode, trois miroirs permettaient de s'admirer sous tous les angles.

Constance se jeta immédiatement sur le lit. Swift fit de même. La fillette, aboyant toujours, trouva une balle et la lança. L'animal bondit, attrapa la balle et la rapporta. Constance la lui prit pour tenter de la mettre dans sa propre bouche. Salomon ne put s'empêcher de pouffer. Puis il se mit à fouiller dans la commode. Il trouva des photos anciennes d'une femme qui ressemblait à Holaderry – qui était sans doute bel et bien elle. Une très vieille esquisse

encadrée, réalisée avant l'invention de la photographie, la montrait jeune et mince. Ce portrait semblait être le plus ancien.

Dans le tiroir du bas, le garçon découvrit des enveloppes faites à la main et cachetées à la cire. Dans l'une d'elles, une lettre commençait ainsi : *Ma très chère et horrible amie Holaderry...* Salomon frissonna. Il posa la lettre sur la commode, près d'une petite boîte en argent. Celle-ci

contenait des bijoux : boucles d'oreilles, bracelets, pierres précieuses, ainsi qu'un collier de perles. Il sortit le collier et — ce fut plus fort que lui — le mit autour de son cou, puis il s'admira dans le miroir.

En voyant son frère, Constance repartit dans un fou rire. Salomon prit un tube de rouge à lèvres et s'en colora la bouche en gloussant. Quand il se tourna vers sa sœur, les deux enfants s'esclaffèrent.

Il chaussa ensuite des lunettes à monture d'écaille, et soudain tout changea.

Il n'était plus dans la chambre, mais dans la pièce centrale d'une très vieille chaumière. Il traversa cette pièce imaginaire. Dans la cheminée, une marmite était suspendue à un crochet. Il alla regarder par la fenêtre — laquelle était dépourvue de vitre — et découvrit un champ de fleurs sauvages et, plus loin, un bois.

Salomon ôta les lunettes.

À travers la fenêtre de la chambre, il observa l'immeuble où sa sœur et lui habitaient.

— Constance, il faut que nous sortions d'ici, décida-t-il.

Allongée sur le lit, la fillette était en train de gratter le ventre de Swift. Elle roula sur le dos, les jambes et les bras en l'air :

— Allez, Swift ! À toi de me gratter le ventre, maintenant !

Au lieu de cela, le chien lui lécha le visage.

C'est alors qu'un claquement de portière de voiture retentit dehors. Swift dressa l'oreille et remua la queue. Il sauta du lit et sortit de la chambre en courant.

Salomon attrapa Constance. Il n'avait plus du tout envie de rire.

— Fichons le camp, murmura-t-il, paniqué.

Il traîna sa sœur dans la pièce adjacente, où se trouvaient un fauteuil en cuir et un bureau. Sur ce dernier était posé un vieux carnet.

Salomon tenait fermement Constance, qui ne s'arrêtait plus de ricaner.

Ils entendirent la porte d'entrée s'ouvrir.

« Nous sommes piégés », pensa Salomon.

Ils étaient coincés à l'étage. Salomon s'approcha de la fenêtre, l'ouvrit et sortit la tête.

Le treillage était là, tout près.

Le garçon se tourna vers Constance :

— Tu crois que tu peux descendre le long du treillage ?

— Bien sûr, affirma-t-elle avec un large sourire. Je suis super sportive. Qu'est-ce que c'est, un treillage ?

Salomon savait que sa sœur était sportive, mais surtout, elle était plus légère que lui. Si l'un d'entre eux seulement réussissait à s'échapper, ce serait elle. Et, si Salomon

passait en premier, le treillage risquait de se casser.

— Vas-y, Constance! lança-t-il en poussant sa sœur. Fais bien attention.

Constance se pencha dehors.

— Pas de problème, répondit-elle d'une voix forte.

— Chut!

La fillette enjamba la fenêtre, soutenue par Salomon. Elle agrippa le treillage comme une échelle.

— Dépêche-toi! souffla le garçon.

Elle descendit avec une grande facilité. Une fois en bas, elle leva la tête vers son frère. Il venait d'avoir une idée : il s'empara du vieux carnet posé sur le bureau et le lança à Constance.

– Cours, Constance, cours !

Constance ramassa le carnet tombé à terre et s'enfuit.

Des bruits de pas résonnèrent dans l'escalier, accompagnés de la marche rapide de Swift. Encore une seconde, et le chien se précipiterait dans la pièce.

Salomon se pencha par la fenêtre et attrapa le treillage. Il n'eut pas le temps de se demander s'il résisterait à son poids. D'un seul mouvement, il se plaqua contre les plantes grimpantes. Sentant la structure s'écarter du mur, il crut, l'espace d'une seconde, qu'elle allait s'en détacher totalement et qu'il allait tomber à la renverse. Pourtant, le treillage tint bon. Salomon descendit en vitesse, s'efforçant de poser un pied léger sur chaque latte. Lorsqu'il fut assez près du sol – quoique encore trop haut à son goût –, il sauta. Il s'écroula dans l'herbe et se fit mal à l'épaule et au bras.

Quand il leva les yeux, il vit Holaderry qui le regardait de la fenêtre.

Il se remit debout et partit en courant.

10. Les assistants de la sorcière

Holaderry regardait Salomon s'enfuir. Sa sœur était-elle venue avec lui ? À en juger par quelques petits signes, Holaderry pensait que oui. Ces enfants étaient exceptionnels : ils avaient échappé à ses plantes magiques, étaient parvenus à sortir de sa chambre. Qui sait ce qu'ils avaient découvert ? Et puis, il fallait qu'ils soient courageux pour s'évader par une fenêtre au premier étage.

Holaderry grattouilla la tête de Swift.

— Quand était-ce, la dernière fois où des enfants sont entrés dans ma maison et ont réussi à me filer entre les doigts ? s'interrogea-t-elle à voix haute. Je ne m'en souviens même plus ! En plus, je suis certaine que ces deux-là étaient en ville, aujourd'hui. Bon, nous les avons manqués deux fois, mais la troisième sera la bonne, hein ?

Elle s'esclaffa :

— La prochaine fois, Swift, je te garantis que je les aurai.

Holaderry se rendit au rez-de-chaussée, sans inspecter son bureau. Bien plus tard, elle revint pour écrire dans son journal. Elle constata alors qu'il avait disparu. L'avait-elle mal rangé ? Elle fouilla la maison dans ses moindres recoins. En vain. C'est seulement à ce moment-là qu'elle comprit où était son carnet.

J'adore les enfants. Quand ils sont dans mon assiette, je veux dire. J'en ai mangé un certain nombre au cours des siècles passés.

(...)

J'ai des assistants dans le monde entier. Ce sont de petites créatures mesurant trente centimètres et demi, à la voix aiguë. Mais ils ont des pouvoirs magiques : ils savent si bien se métamorphoser que vous seriez incapables de les différencier des humains. Enfin, à moins que vous ayez vous aussi des pouvoirs magiques. Mais ce n'est pas le cas, n'est-ce pas ? Quel dommage pour vous !

Mes petits complices s'occupent de tous les problèmes à ma place.

Je me souviens par exemple de Lily Featherwell. Elle, c'était un vrai problème ! Lily avait bien emballé son frère cadet, Maurice, avant de taper un mot à l'ordinateur : « Veuillez emporter notre fils, car il est toujours en train de dire du mal de sa sœur, qui, en revanche, est un ange. »

Elle avait imprimé le message et l'avait signé du nom de ses parents. Puis elle avait appelé mon service de ramassage, en composant le numéro de téléphone secret qu'elle avait été assez maligne pour découvrir.

Mes assistants, qui sont en charge des collectes, ont failli tomber dans le panneau. Sauf que Lily était trop curieuse : elle a voulu voir à quoi ils ressemblaient et s'est cachée pour les observer. Grâce à leur sixième sens, ils ont rapidement compris la supercherie. Par conséquent, ils ont dû refuser le colis : je n'accepte que les dons effectués selon les règles de l'art.

Cependant, mes complices ont été rappelés dans cette même maison quelques semaines plus tard. Cette fois, c'était Maurice qui avait réussi à empaqueter Lily. Et il avait écrit, à la main, une note bien plus honnête que celle de sa sœur aînée : « Venez, vous pouvez la prendre. Je veux sa chambre ; elle est beaucoup plus grande que la mienne. Et puis, en vrai, c'est moi le plus gentil. »

— Elle est bonne, celle-là ! m'étais-je réjouie.

Mes assistants, eux, étaient un peu contrariés : ils préfèrent embêter les enfants, plutôt que ce soit les enfants qui les embêtent. Moi, je comprenais les problèmes de Lily et ceux de Maurice. Je sais combien il est difficile d'être l'aînée. Et je sais combien il est difficile d'être le cadet. Je me serais fait un plaisir de leur rendre service à l'un et l'autre, et de les manger tous les deux, croyez-moi. Mais j'ai entendu les protestations de mes complices.

Il faut dire qu'ils ont beaucoup de travail. C'est une tâche colossale d'agacer les enfants du monde entier afin qu'ils soient encore plus insupportables et que leurs parents s'en débarrassent!

Ce sont mes assistants, par exemple, qui ont imaginé les panneaux que l'on voit dans les parcs d'attractions. Vous savez, ceux sur lesquels un trait indique la taille minimale pour être autorisé à monter dans les manèges. Cette idée simple a tout de suite rendu furieux des millions de marmots — les petits, principalement. C'était assez malin.

Avez-vous déjà eu un instituteur qui vous donnait une montagne de devoirs à faire pendant les week-ends et les vacances? C'était probablement l'un de mes assistants déguisés. Ils ne supportent pas que les enfants aient du temps pour s'amuser.

Mes assistants se font passer pour des directeurs d'école, des baby-sitters, des forains, mais aussi des chefs de grandes entreprises... Pour n'importe qui susceptible d'être au contact des enfants et de les embêter... Plus on complique la vie aux mioches, plus il est facile de les attraper.

Si, un jour, mes assistants lisent ces lignes, je tiens à les remercier pour leur aide pécieuse. Que serais-je sans eux ? Je leur suis très redevable, depuis des siècles. Jadis, ils se transformaient en veneurs royaux, en gentilles vieilles femmes, en conducteurs de chariots sur les routes de campagne et, de temps en temps, en grenouilles ou en loups. Mais ce n'est plus la peine d'aller chercher aussi loin : les enfants d'aujourd'hui tombent plus facilement qu'avant dans les pièges qu'on leur tend. Pour mon plus grand bonheur.

N'empêche que certains sont surprenants.

Il n'y a pas si longtemps, une fille m'a découverte et — chose incroyable ! — s'est présentée à ma porte.

— Je veux devenir une sorcière, a-t-elle affirmé. Apprenez-moi tous vos sortilèges !

Les temps ont vraiment changé...

Dans ce cas particulier, j'ai dû faire une exception à mon règlement sur la réception des dons. Après tout, il faut que ma cachette reste secrète. C'est pourquoi j'ai soupiré et je lui ai dit :

— Entre.

Mais quelque chose dans le ton de ma voix l'y a fait réfléchir à deux fois, et elle est vite partie en courant. Je l'ai retrouvée plus tard, et elle était effectivement devenue une méchante sorcière. À ma grande surprise, nous sommes amies, maintenant.

Il y a aussi des gens qui essaient de me mettre des bâtons dans les roues. Heureusement, je sais comment les empêcher d'aider mes proies. Je leur prends un objet qui leur est précieux, je prononce une ou deux petites formules, et les voilà victimes d'une malédiction, qui les oblige à me fiche la paix.

Salomon et Constance restèrent éveillés toute la nuit, à lire et relire le journal de Holaderry, à la seule lueur de la lampe de chevet.

– Quelle horrible sorcière! déclara Constance. Salomon, qu'est-ce qu'on va faire?

Le garçon avait le regard absent. Il se frotta les yeux:

– J'essaie de réfléchir, mais j'ai sommeil. Holaderry m'a vu m'enfuir… Elle était à la fenêtre quand je suis descendu du treillage.

– À ton avis, papa nous croirait si nous lui racontions ce que nous avons découvert?

– Je ne suis pas certain qu'il faille le mettre au courant.

Ni le frère ni la sœur ne s'étendirent sur ce sujet.

– À l'heure qu'il est, notre voisine doit savoir que nous avons volé son journal, supposa Constance. Elle va essayer de nous le reprendre.

– Oui, approuva Salomon. Je ne vois qu'une façon de procéder.

Il fixa Constance d'un air inquiet:

– Nous devons la coincer avant qu'elle nous coince.

11. Capturés !

Mercredi

Ce jour-là, lorsque Salomon et Constance se réveillèrent, M. et Mme Blink étaient partis, et une baby-sitter était assise à la table de la cuisine. C'était une vieille femme, petite et mince, aux bras décharnés. De ses mains noueuses, elle tenait le journal du jour.

— Ce matin, vous allez devoir vous occuper comme vous pourrez, annonça-t-elle aux enfants. Mais, à midi, nous irons voir un film. Je sais que les enfants aiment aller au cinéma.

Ses lèvres ridées s'étirèrent en un sourire, puis elle chaussa ses lunettes, qui étaient suspendues à une chaîne autour de son cou. Ensuite elle prit un crayon à papier et se mit à faire les mots croisés du journal. Apparemment, elle n'avait pas l'intention de changer d'activité avant midi.

La veille au soir, Salomon et Constance avaient décidé de consacrer la matinée à élaborer un plan. Hélas, étant donné qu'ils avaient passé la nuit à lire, ils eurent besoin de retourner se coucher.

Quand la vieille femme les tira du lit, Salomon eut un moment de panique : il s'imagina que c'était Holaderry elle-même qui le malmenait.

— Non ! Non ! hurla-t-il en se réveillant.

— Qu'est-ce qu'il y a ? s'étonna la baby-sitter. On croirait que je suis une ogresse venue te dévorer ! Allez, dépêchez-vous ! La séance va bientôt commencer, et le cinéma se trouve à l'autre bout de la ville. En plus, je ne conduis pas vite.

La baby-sitter n'avait pas menti. Ils auraient plus vite traversé Grand Creek à pied que dans sa voiture. Elle freinait des kilomètres avant les panneaux *Stop*, y restait arrêtée durant des heures, avant de se remettre à avancer à la vitesse d'un escargot, puis de freiner encore au milieu des carrefours, qu'elle traversait si lentement qu'elle provoquait des embouteillages monstrueux.

Installé sur le siège avant, Salomon se tourna vers Constance, assise à l'arrière, et articula en silence le mot :

« Cinéma ». Constance hocha la tête. Elle savait ce que son frère voulait dire : c'était là que Holaderry plaçait certaines de ses boîtes de dépôt. Ils l'avaient lu dans son journal intime.

Ils étaient persuadés que leur baby-sitter n'était pas une vraie baby-sitter, mais l'une des assistantes de Holaderry, chargée de les faire disparaître. Ils devaient rester sur leurs gardes.

Une fois qu'ils eurent pris place dans la salle de cinéma, la baby-sitter sortit leur acheter à manger et à boire. Elle revint avec du pop-corn et des boissons gazeuses.

— Tiens, Salomon, sers-toi d'abord, dit Constance, feignant d'être polie.

Salomon ne fut pas dupe. Il hésita devant le soda, avant de se décider à en avaler une gorgée. Le frère et sa sœur attendirent. Il n'y avait ni somnifères ni poison dans la boisson.

Salomon goûta ensuite le pop-corn. Il adressa un signe de tête à Constance.

— Tu peux y aller, chuchota-t-il. C'est juste un peu salé.

Après avoir laissé son grand frère servir de cobaye — ce qui était bien le rôle d'un grand frère, après tout —, Constance se servit en friandises avec bonheur. Elle en mangea plus que sa part. Par conséquent, elle eut davantage soif que Salomon, et elle but également beaucoup.

La baby-sitter avait choisi un film interdit aux moins de dix ans. Constance n'était donc normalement pas autorisée à le voir. Il n'était pas super. Mais, lors du générique de fin, Constance affirma que c'était le meilleur film qu'elle eût jamais vu, qu'il était très drôle, qu'il resterait l'un de ses préférés, et qu'elle voulait voir dès que possible plein d'autres films qu'elle n'avait pas le droit de voir.

Pendant ce temps, la baby-sitter s'était levée et elle se dirigeait vers la sortie, en bas de l'allée.

— Prenons la porte d'en haut ; c'est par là que nous sommes entrés, suggéra Salomon.

— Mes vieux os ne me permettent pas de monter les escaliers, déclara la baby-sitter. Et regardez cette foule ! Non, c'est mieux de passer par en bas.

Alors, Salomon et Constance la suivirent. Et, comme ils l'avaient craint, la porte donnait sur une rue qui n'était pas visible du parking. Seule une poignée de spectateurs avaient emprunté cette sortie. Salomon et Constance marchaient en retrait, derrière leur baby-sitter. Soudain, devant eux, ils distinguèrent une grande boîte métallique.

— Tiens ! Je me demande ce que c'est, dit la baby-sitter. Il est juste écrit : *Dons*.

Salomon et Constance faillirent avoir une crise cardiaque. Ce qu'ils redoutaient était arrivé. Là, sous leurs

yeux, se dressait l'une des boîtes de dépôt d'enfants de Holaderry! La baby-sitter se tourna lentement vers eux.

– Non! hurla Salomon. Vous ne nous aurez pas!

Il se jeta sur elle et, sentant en lui une force inconnue, il l'entoura de ses bras et la serra fermement. Par chance, elle était légère. Constance en profita pour attraper les jambes de la vieille femme, et ils la soulevèrent tous les deux pour la mettre dans le conteneur. La baby-sitter tomba dedans avec un bruit sourd. Son appel au secours, que l'on entendit juste avant que la porte se referme sur elle, était plus un gémissement qu'un cri.

– Courons! ordonna Constance.

Salomon et elle quittèrent la petite rue et foncèrent vers le parking du cinéma. Là, ils trouvèrent un bus, dans lequel ils montèrent. Ils étaient essoufflés, le visage tout rouge. Ils observèrent les passagers autour d'eux, se méfiant de chaque personne qui croisait les jambes, se grattait le visage ou faisait quoi que ce soit.

Salomon sortit les cartes de son sac à dos.

– C'est le prochain arrêt, déclara-t-il.

Lorsque Salomon et Constance descendirent du bus, ils reconnurent la rue dans laquelle ils étaient venus la veille.

– On peut prendre le bus numéro 17, comme hier, pour rentrer à la maison, dit Salomon.

À ce moment-là, une voix retentit dans leur dos :

— Oh, quelle bonne surprise !

C'était la responsable de la boutique d'animaux. Elle était entourée de quatre chiens très sages qu'elle ne tenait pas en laisse.

— Comme je suis contente de vous revoir ! s'exclama-t-elle.

— Nous sommes assez pressés, balbutia Salomon, ne sachant pas quoi répondre d'autre.

Et si cette femme était une complice de Holaderry ? Il n'en avait pas l'impression.

Il se souvint alors qu'il avait quelque chose à lui dire :

— J'ai trouvé la réponse de la dernière énigme. C'est le pardon.

— Bravo ! Mais c'est trop tard pour la récompense. Tout dépend de vous, dorénavant. Je ne peux plus que vous souhaiter bonne chance.

Elle désigna de la tête la direction que prenaient les enfants :

— Où allez-vous ?

— À l'arrêt de bus, dit Constance.

— *Fuß*[1] ! commanda la dame aux chiens.

---

1. *Fuß* est un mot allemand qui se prononce « fouss ». Il signifie « pied » ou, quand la dame du magasin d'animaux le dit, « Au pied ! ».

Entourant leur dresseuse deux par deux, les animaux marchèrent à la même allure qu'elle.

– Je vous accompagne, dit-elle.

Le bus numéro 17 arrivait justement à l'arrêt. Les enfants coururent. La commerçante accéléra le pas autant qu'elle le put, toujours escortée par ses chiens.

Constance aurait souhaité parler davantage avec cette femme, lui confier qu'elle aimerait devenir vétérinaire ou peut-être garde forestier. Mais elle n'en eut pas le temps. Au lieu de cela, elle lança :

— Avez-vous réussi à faire en sorte que l'oiseau et le chat s'entendent bien ?

— Pas encore, mais j'y arriverai.

Salomon attendit que Constance monte dans le bus, avant de lui emboîter le pas.

— Bonne journée, madame, dit-il en se retournant.

— Bonne chance ! répéta celle-ci.

Le bus emprunta le même itinéraire que la veille. Salomon et Constance en descendirent devant le parc situé à l'angle de leur rue.

— Si nous rentrons chez nous, nous devrons passer devant la maison de Holaderry, fit remarquer Constance.

— Il se peut qu'elle nous guette, quel que soit le chemin que nous prendrons, dit Salomon. Allons d'abord à la bibliothèque. Nous réfléchirons à un plan là-bas.

Ils entrèrent dans la bibliothèque et allèrent s'asseoir dans le coin des enfants.

— Salomon… Et si la baby-sitter n'avait pas eu réellement l'intention de nous jeter dans la boîte de dépôt ?

— Nous avons fait ce que nous devions faire.

De nombreux honnêtes gens utilisent cette excuse quand ils font de vilaines choses. Et ils ajoutent souvent la deuxième phrase que Salomon prononça :

— Nous n'avions pas le choix.

— Non, approuva Constance, soulagée. Nous n'avions pas le choix.

— Chuut ! les rabroua une bibliothécaire qui passait par là.

C'était celle qui avait déjà grondé Constance, avec ses joues roses et son air de madame-je-sais-tout.

— Vous êtes dans un lieu dédié à la lecture, pas à la parlotte, continua-t-elle.

— Et si on veut lire à voix haute ? demanda Constance tout bas, dans le dos de la femme.

— Calme-toi, répondit son frère. Elle fait juste son travail. Concentrons-nous plutôt sur notre problème : comment allons-nous nous en sortir ?

— Nous n'avons qu'à tendre un piège à Holaderry, proposa Constance. On attache un enfant à un poteau dans le parc ; on attend que la sorcière arrive et, quand elle s'approche pour prendre l'enfant, on l'attrape. C'est un procédé qu'on utilise avec des chèvres pour capturer les tigres.

— Voyons, Constance ! Par contre...

— L'un de nous pourrait servir d'appât, compléta la fillette, qui avait deviné les pensées de son frère. Ou se sacrifier. Il pourrait par exemple manger un aliment auquel Holaderry est allergique et la laisser le dévorer. Alors, elle aussi mourrait.

— Non, ce n'est pas un bon plan… En voici un meilleur : nous lui ferons croire qu'elle nous a attrapés, et c'est nous qui la piégerons.

Salomon posa le menton sur sa main, signe que son cerveau était en ébullition :

— Écoute, j'ai peut-être quelques idées. Laisse-moi surfer sur Internet une minute pour vérifier certaines choses. Toi, reste ici.

— Bien sûr, où veux-tu que j'aille ?

Le garçon se rendit aux postes reliés à Internet. Il explora méticuleusement la Toile afin de trouver des informations utiles.

Mais parfois, il ne sert à rien d'aller loin pour trouver ce dont on a besoin…

Pendant ce temps, Constance regardait les livres de jeunesse. Ce faisant, elle essaya d'imaginer ce qui se passerait si Salomon et elle tombaient vraiment dans les griffes de Holaderry. Elle s'aperçut qu'elle regretterait de ne pas avoir avoué la vérité à Salomon. Bien sûr, elle n'avait pas fait exprès de provoquer le drame de l'Horrible Journée, mais…

La veille au soir, elle était entrée en douce dans la chambre de son frère. Le garçon était dehors, dans la cour, en train d'admirer le ciel avec son télescope, rêvant sans doute à une autre planète. D'une certaine façon, Salomon vivait sur une autre planète, avait songé Constance.

La lumière dans la chambre était allumée. Constance savait que son frère gardait son invention enfermée dans son placard. Il se doutait qu'à un moment ou un autre, elle tenterait d'y jeter un coup d'œil. Mais Constance, comme souvent, avait été plus rusée que Salomon. Connaissant toutes ses cachettes, elle avait vite trouvé la clé du cadenas.

Elle l'avait ensuite introduite dans le verrou, qui s'était ouvert.

Après avoir vérifié par la fenêtre si Salomon était toujours dans la cour, elle avait sorti son invention du placard. Certes, elle n'aurait pas dû, mais les cachotteries de son frère avaient piqué sa curiosité. L'œuvre était équipée d'une petite antenne parabolique et d'un écran d'ordinateur. Lorsque Constance l'avait allumée, elle avait affiché des taches indistinctes, rouges et jaunes, ainsi que le mot *Chauffe-eau*.

Sans bien comprendre ce que c'était, la fillette avait deviné que la création de son frère était excellente. Elle l'avait éteinte et avait ouvert le panneau latéral, qui, à cause d'une vis desserrée, était presque détaché. Elle avait alors découvert un grand nombre de circuits électriques, empilés les uns sur les autres.

C'est lorsque Constance avait voulu remettre le panneau en place que le drame s'était produit : l'une des puces était tombée.

– Oh, non ! Zut, zut, zut ! avait-elle murmuré.

Malgré les efforts de la fillette pour la remettre en place, la pièce ne tenait plus. Constance l'avait positionnée exactement comme elle pensait qu'elle devait l'être, en contact avec la puce d'à côté. Et, pour la fixer, elle s'était servie de l'unique chose qu'elle avait sous la main : un bout du chewing-gum qu'elle mâchonnait. Elle avait fait attention à ce que celui-ci ne touchât pas le reste de l'installation électronique.

La fillette s'était réjouie : elle était douée pour le rafistolage. Elle avait remis le panneau, rangé l'invention dans le placard, dont elle avait refermé le cadenas. Puis elle avait quitté la chambre de Salomon en vitesse.

En arrivant dans la cuisine, elle était tombée sur son frère, qui rentrait dans la maison. Il ne s'était pas douté que sa sœur était allée dans sa chambre.

Cette nuit-là, Constance s'était tracassée.

« Il va encore tester son invention avant la fête de la science », avait-elle tenté de se rassurer.

Le connaissant, elle était certaine qu'il prendrait cette précaution.

Le lendemain matin, à l'école, Salomon était venu voir le travail de Constance. Elle lui avait suggéré de vérifier sa machine une dernière fois, mais il n'avait pas suivi son conseil. Il était directement allé faire son exposé devant tous les élèves. Et Constance avait assisté au fiasco.

Sur le moment, elle n'avait pas eu le courage de lui dire la vérité. Il ne lui aurait jamais pardonné ! À présent, elle pensait qu'elle devait avouer sa faute, même si cela lui faisait encore un peu peur.

Elle prit des livres sur les animaux, avec une pensée pour la responsable de la boutique. Elle se demanda si cette femme aimait réellement toutes les bêtes, petites et grandes, y compris les plus féroces, comme les crocodiles et les requins. Elle supposa que la réponse était oui.

Elle lut un chapitre sur les chameaux et apprit que ces mammifères crachaient parfois sur les gens. Des illustrations montraient un autre animal, appelé lama, qui, lui, crachait jusqu'à plus de quatre mètres cinquante devant lui. *Les lamas crachent sur les autres pour se défendre. Le crachat de lama peut être vert à cause des fluides intestinaux*, précisait l'auteur. Un animal qui vous crachait dessus un infâme liquide vert ? Cela amusa beaucoup Constance. Elle examina les photos des lamas et des chameaux et fut prise d'un fou rire.

L'arrivée de la bibliothécaire redoubla son hilarité.

— Tu ne dois pas faire de bruit ! ordonna la dame à voix basse.

En d'autres circonstances, la fillette se serait peut-être excusée. Là, elle n'était pas disposée à le faire, surtout pas face à cette femme-là. Si on n'avait pas le droit de rire du monde qui nous entoure — des animaux qui se crachent dessus notamment —, alors de quoi avait-on le droit ?

Voilà pourquoi Constance rit à gorge déployée au nez et à la barbe de la bibliothécaire.

— Maintenant, ça suffit ! Il faut que tu t'en ailles sur-le-champ. Je ne vais pas tolérer que tu déranges les autres lecteurs.

— Mais… Mais…

Constance n'eut pas le temps de lui dire que son frère allait revenir la chercher. La bibliothécaire la prit par le bras et la conduisit dans le fond de la salle, vers une petite porte sur laquelle on avait écrit à la main : *SORTIE.*

— Dehors ! cria-t-elle en ouvrant la porte.

Constance se retrouva sur le seuil d'une pièce sombre. La bibliothécaire la poussa à l'intérieur et l'y rejoignit. Elle appuya sur un interrupteur et une ampoule jaunâtre éclaira la pièce. Un grand sac de toile et une corde étaient accrochés au mur. La femme jeta le sac sur la tête de Constance.

C'était l'une des assistantes de Holaderry.

— Sales gosses ! gémit-elle. Je ne peux plus vous supporter ! Vous courez partout dans la bibliothèque, comme si c'était une cour de récréation ! Vous rangez les livres n'importe où ! Une semaine sur deux, vous perdez votre carte de lecteur !

Elle ligota Constance, qui se débattit en vain : la femme avait une poigne étonnamment puissante.

— Et le pire, c'est que, dans une bibliothèque qui offre des milliers et des milliers de livres, qu'est-ce qui vous intéresse ? Des romans adaptés de séries télévisées ! C'est honteux ! Que faites-vous de l'ouvrage sur la vie d'une petite Berbère[1] au Moyen Âge, que nous avons acheté l'année dernière ? Tu l'as consulté, celui-là ? Non ! Tu t'en fiches, hein ?

---

1. Les Berbères sont un peuple nomade d'Afrique du Nord.

— Mais c'est moi qui vous ai demandé *Guerre et paix* et *Les hauts de Hurlevent*, vous vous rappelez ? se défendit Constance.

La complice de Holaderry marqua une pause :

— Exact.

— Alors, vous me laissez partir… ?

— Mmm, je préfère *Middlemarch*[1] et *À la recherche du temps perdu*[2]. Si tu les avais choisis, peut-être que je t'aurais libérée, conclut-elle en refermant le sac.

Pas de chance pour Constance ! Elle se mit à hurler, mais la dame s'y était préparée. C'était un sac spécialement conçu pour capturer les enfants, qui ne laissait pas passer le son.

La bibliothécaire sortit de la pièce et se rendit à l'accueil, où elle décrocha le téléphone et composa un numéro.

Un répondeur se déclencha.

— Bonjour, madame Holaderry, dit-elle. Le livre que vous avez réservé est arrivé. Veuillez venir le chercher aujourd'hui.

Puis elle raccrocha.

---

1. *Middlemarch* a été écrit par la romancière George Eliot au XIXᵉ siècle.

2. *À la recherche du temps perdu*, de Marcel Proust, a été publié entre 1913 et 1927. Il faut dire que ce roman comporte sept tomes !

Peu après, Salomon revint dans le coin jeunesse. Il chercha Constance partout, en vain. Il s'approcha de la bibliothécaire :

— Avez-vous vu ma sœur ? Elle a les cheveux courts et elle était assise ici.

— Oh, oui, je l'ai vue, répondit la femme. Elle est partie il y a quelques minutes.

— Partie ? s'étonna Salomon. Est-ce qu'elle a dit où elle allait ? Est-ce qu'elle a laissé un message pour moi ?

— Non, elle n'a pas laissé de message.

— Elle était avec quelqu'un ?

— Pas que je sache.

Salomon n'en revenait pas. Comment Constance avait-elle pu partir maintenant ? Il inspecta les allées, songeant que la bibliothécaire avait peut-être confondu Constance avec quelqu'un d'autre. Perplexe, il sortit par la porte de derrière. Là, il vit une voiture, dans le coffre de laquelle Holaderry en personne chargeait un sac qui se tortillait. Puis elle monta dans le véhicule et démarra en trombe.

Pas de doute : Constance était dans ce sac !

Salomon, sous le choc, mit quelques instants à reprendre ses esprits. Il s'adossa au bâtiment et ferma les yeux.

Il savait ce qu'il avait à faire. Il aurait souhaité pouvoir y échapper, car il n'était pas très doué pour l'action.

En réalité, il pensait même qu'il n'avait aucune chance de réussir à libérer sa sœur.

Pourtant, il rouvrit les yeux et courut vers la maison de Holaderry.

12. Une pièce secrète

La voiture de Holaderry était garée dans l'allée. Salomon traversa le jardin à toute allure et se faufila dans la cour, derrière la maison. Il s'avança vers les fenêtres, essoufflé. Il inspecta la cuisine, puis le salon. Il s'attendait à découvrir Constance, pieds et poings liés, et Holaderry déjà aux fourneaux.

Mais les pièces étaient désertes.

Il essaya d'ouvrir la porte qui donnait sur la cuisine. Elle n'était pas fermée à clé. Il s'engouffra dans la maison, l'oreille aux aguets. Le plus grand silence régnait. D'étranges images lui traversèrent l'esprit : Constance près d'un chaudron bouillonnant, Constance recouverte de choux et de carottes, de sel et de poivre.

Le plus discrètement possible, il passa dans le salon. Il se tint à l'écart des plantes et des fleurs. Il fonça dans le couloir et grimpa l'escalier sans faire de bruit. Cependant, dès qu'il fut en haut, son pied heurta un objet qui dépassait de sous une table. Le meuble vacilla et un bol posé dessus tomba avec fracas.

Salomon se figea.

Personne ne sortit d'aucune des pièces. Il n'y eut aucun cri, aucun bruit de pas. Le garçon regarda le sol : son pied avait cogné l'un des jouets de Swift. Bien entendu, le chien non plus n'était pas là. Sinon, il aurait accouru dès que Salomon était entré dans la maison.

Où étaient-ils donc tous ? Avec précaution, Salomon pénétra dans la chambre de la sorcière. Vide. Cette fois-ci, il n'essaya ni maquillage ni bijou, il ne fouilla pas dans les lettres et ne chaussa pas les étranges lunettes. Il passa dans le bureau, là où il avait dérobé le carnet. Ses yeux se posèrent sur la fenêtre. Pas question de fuir par là de nouveau. La première fois, il avait eu de la chance.

L'étage paraissait inoccupé. Salomon examina les deux autres pièces — salle de bains et chambre d'amis —, juste pour être sûr. Toujours rien. Où était Constance ? Le temps était compté. Cela faisait déjà plus de cinq minutes que Salomon inspectait la maison.

Il se précipita au rez-de-chaussée et découvrit la porte d'une cave. Il l'ouvrit, appuya sur un interrupteur, qui alluma une ampoule au-dessus d'un escalier. Il dévala les marches grinçantes. Des boîtes et de vieilles machines étaient empilées en désordre. Un vieux congélateur bourdonnait. Il débordait de glaces aux parfums variés. Visiblement, Holaderry adorait les glaces.

Salomon fouilla le reste de la cave aussi vite qu'il put. Les murs, anciens, tombaient en ruine. Il n'y avait rien d'intéressant.

Frustré, le garçon remonta les marches quatre à quatre en s'interrogeant. La voiture de Holaderry se trouvait dans l'allée. La voisine pouvait s'être garée près de la maison et être allée quelque part à pied ; mais pourquoi ? Et pourquoi aurait-elle ramené la voiture chez elle ? Et où serait-elle allée ?

Chaque seconde perdue était une seconde pendant laquelle Constance était peut-être… en train de cuire dans une casserole !

Une pensée traversa l'esprit de Salomon. Elle lui était déjà venue quand il était dans la cave. Et si cette maison possédait une ou des pièces secrètes, entre les murs ou sous les fondations ?

De plus, quelque chose clochait avec la cuisine.

Tout y semblait normal. Trop normal.

C'était ça qui clochait. Holaderry devait avoir besoin d'un matériel spécial pour cuire les enfants : d'un énorme four ou d'un grand chaudron. Or, il n'y avait rien de tel dans la cuisine.

Il devait y avoir une autre cuisine.

Qui se trouvait forcément dans la maison, Salomon en était certain.

« Constance, j'arrive ! Je viens te sauver ! »

Il courut de pièce en pièce, en quête de ce qui aurait pu constituer une entrée secrète. Il souleva le tapis du couloir : aucune trace d'une trappe dans le sol. Dans la chambre, il poussa le matelas hors du lit : rien en dessous. Dans l'espoir de voir un indice caché, il chercha les étranges lunettes, mais elles avaient disparu. Il éloigna la commode du mur : rien.

Salomon regagna le salon en hâte. Prenant soin de se boucher le nez, il poussa les plantes vertes. Il arracha les herbes qui séchaient la tête en bas et observa les murs. Dans le couloir était accroché un petit tableau représentant des montagnes dans le lointain, une forêt et les empreintes de pas de deux personnes qui y menaient. Il l'arracha. Il n'y avait rien derrière.

Salomon courut de nouveau à la cave, où il chercha une porte dérobée jusque dans les moindres recoins. Il déplaça, non sans mal, le lourd congélateur. Il n'y avait aucune trappe là-dessous non plus.

Il était bredouille. Et dans tous ses états.

N'avait-il plus aucune jugeote ?

Il fonça de nouveau à l'étage. Il ouvrit un placard qu'il avait déjà inspecté et dans lequel il se souvenait avoir vu des outils. Il y avait là plusieurs marteaux ; il prit le plus gros et parcourut la maison en frappant les murs. Peut-être découvrirait-il ainsi une pièce secrète ? Les murs en placoplâtre s'effondrèrent facilement — pour ne révéler que des fils et des tuyaux.

Le visage de Constance hantait les pensées de Salomon. En tant que grand frère, il devait la sauver ! Seulement, il ne savait plus où chercher, il sentait qu'il allait échouer. Il s'écroula sur les marches du couloir.

Que lui avait conseillé la dame du magasin d'animaux ? « N'abandonne pas ! » Il n'avait pas abandonné. Mais ça n'avait pas suffi. Il n'avait retrouvé ni Constance ni Holaderry. Il avait échoué lamentablement. Comme dans tout ce qu'il avait entrepris ces derniers temps.

Soudain, il sut de quoi il avait besoin : de son invention ! De son appareil de détection thermique ! S'il parvenait à le faire fonctionner, il pourrait localiser une source de chaleur anormale : la cuisine secrète de Holaderry !

Comme une flèche, il quitta la maison, traversa la cour et arriva devant son immeuble. Il perdit du temps à déverrouiller la porte de l'appartement. M. et Mme Blink n'étaient toujours pas là. Une fois dans sa chambre, il fourra la tête dans son placard et dégagea toutes les affaires rangées devant le fameux carton. Il le sortit en le faisant glisser et l'ouvrit.

Pourquoi son invention n'avait-elle pas marché ?

Il se décida enfin à la démonter entièrement. Et là, sous son nez, se trouvait le problème : un bout de chewing-gum, gris

et durci. Salomon le décolla et sentit une légère odeur de menthe.

Le parfum préféré de Constance.

La tête de Salomon lui tourna. Constance ne pouvait pas avoir saboté son invention ! Son œuvre ! Jamais elle n'aurait fait une chose pareille ! Pourtant, il avait la preuve du contraire. Il la tenait même entre ses doigts. Il frappa le sol de sa main.

« J'espère que cette sorcière va la dévorer ! » se dit-il.

Pourquoi pas, après tout ? Qu'avait-elle jamais fait pour lui ? Elle ne lui avait toujours causé que des ennuis ! Tandis que, lui, il n'avait jamais été méchant avec elle. Enfin, très rarement.

Absorbé par sa colère, Salomon perdait du temps. Son regard se posa sur un carton à moitié déballé, rempli d'objets chers à Constance : une photo encadrée d'un groupe de chanteurs pop, la figurine en plastique d'un monstre marin.

« Je vais te sauver, Constance, décida-t-il. Je ne te pardonnerai peut-être jamais, mais je te sauverai. »

Il s'agenouilla près de son appareil de détection thermique et entreprit de le réassembler. Ce ne fut pas très compliqué. Salomon s'arrangea pour se passer des quelques circuits qui avaient brûlé ; il fallait juste que la machine fonctionne une seule fois.

Il consulta son horloge météorologique, posée sur le rebord de sa fenêtre, et constata que l'opération lui avait pris huit minutes. Salomon se dit qu'il pourrait également avoir besoin de cet appareil. Il s'empara donc de ses deux inventions et sortit.

Une fois dehors, il orienta son appareil de détection thermique vers la maison de Holaderry et alluma l'écran.

Tous les indicateurs affichaient des températures normales, hormis dans une zone située sous la cuisine, comme le garçon l'avait soupçonné. Cette partie était rouge vif et, sur le côté, une information thermique clignotait : *Fours (très chauds)*.

L'invention de Salomon fonctionnait à merveille.

13. Une autre manière de penser

Armé de son horloge météorologique, Salomon traversa la cour et se dirigea vers la maison à toute vitesse. De nouveau, il courut vers la porte de derrière et se précipita dans la cuisine. Les motifs du carrelage étaient parfaits pour dissimuler les contours d'une trappe. Salomon eut beau en inspecter soigneusement chaque ligne, il ne trouva rien.

Il fallait qu'il pense comme une sorcière. Comme Holaderry.

Les secondes s'égrenaient, ainsi que le lui rappelait son horloge. Salomon observa la pièce. Et, tout à coup, il sut. La cuisinière. C'était forcément la clé du mystère. Il testa les brûleurs ; aucun ne s'alluma. C'était une fausse cuisinière ! Elle cachait un passage secret ! Il la poussa de toutes ses forces, sans parvenir à la faire bouger. Il ouvrit la porte du four et tenta d'enlever le fond. La plaque métallique se détacha avec un léger cliquetis, mais elle ne révéla aucune ouverture.

Salomon fixa la cuisinière.

« Pense comme une sorcière, se dit-il. Ne pense pas de manière scientifique. Pense comme ton adversaire. »

Il tendit la main et tourna le bouton du four sur la fonction *Cuire*.

Il y eut un déclic.

La cuisinière s'éleva au-dessus du sol, dans un incroyable fracas. Elle glissa sur le côté, et une trappe s'ouvrit, laissant apparaître des marches.

Salomon les descendit en silence, avant d'arriver dans un couloir étroit. Une immense vitrine se dressait dans un coin, remplie d'objets étranges : un miroir doré, une longue canne dont le pommeau en bois était sculpté en forme d'oiseau, une fleur géante en céramique. Salomon longea le couloir à pas de loup et s'arrêta sur le seuil d'une porte. Par l'embrasure, il aperçut Holaderry, vêtue d'un tablier, debout devant deux plaques de cuisson.

Constance était ligotée sur une table.

Swift, allongé dans un coin, dormait.

Suspendus à des crochets au-dessus de la sorcière étaient alignés des ustensiles de cuisine : hachoirs, louches, cuillères en bois, râpes à fromage, fouets… Tout ce dont elle avait besoin pour cuisiner ses petits mets favoris… Un chaudron reposait contre le mur en pierres, qui faisait penser à la paroi d'une grotte, sur un foyer creusé dans le sol. De la fumée s'en élevait.

Holaderry tournait le dos à Salomon.

Le garçon calcula le nombre de pas qu'il lui faudrait pour arriver à Constance, le temps qu'il mettrait pour défaire ses liens ainsi que celui nécessaire à leur fuite.

– Alors, comme ça, tu nous as trouvées ? constata Holaderry, qui n'avait pourtant pas changé de position.

Lentement, elle fit face à Salomon.

La voix de la sorcière avait réveillé Swift, qui se leva et trotta vers Salomon en remuant la queue.

— Je ne pensais pas que tu y arriverais, avoua Holaderry. Mais tu es très intelligent, n'est-ce pas ? Tant mieux ! Ça me fera un repas de plus.

— Salomon ! Salomon ! Sauve-moi ! cria Constance. Non, sauve-toi !

Holaderry se dirigea à grands pas vers Salomon.

— Ne faites pas un pas de plus ! hurla-t-il.

Il s'empara de son horloge météorologique, dont les fils qui pendaient évoquaient les tentacules d'une pieuvre, et il la brandit vers la sorcière. Il avait mis hors service les fonctions de température, de pression atmosphérique et de prévision météo. L'écran n'affichait plus que l'heure : *17h03*.

— Vous voyez ça ? demanda-t-il. À 17 heures 05, si je n'ai pas branché un certain fil sur cet appareil, l'une de mes inventions, que j'ai placée à l'étage, commencera à brûler toutes les vieilles lettres et les vieilles photos que vous gardez dans votre chambre. Votre commode prendra feu, et bientôt toute votre maison sera partie en fumée. Mais je parie que ce sont aux lettres que vous tenez le plus, et ce sont elles qui seront réduites en cendres en premier.

Salomon fixa sa voisine. Il devait avoir l'air complètement fou. En tout cas, il se sentait complètement fou.

Holaderry hésita. Salomon avait vu juste. Ses lettres, dont certaines dataient de plusieurs siècles, étaient très importantes pour elle.

La femme plissa les yeux. Elle dévisagea le garçon pendant un long moment, tandis qu'il s'efforçait de paraître le plus dingue possible. Puis, soudain, elle sourit :

— C'était bien essayé. Peut-être que, lorsque tu auras vécu quelques centaines d'années de plus, tu seras capable de me tromper. Mais on n'apprend pas à un vieux singe à faire des grimaces…

Sur ce, elle s'avança vers le garçon, plus vite que celui-ci ne l'aurait cru possible. D'une main, elle attrapa l'horloge météorologique, de l'autre, les cheveux de Salomon.

— Défends-toi, Salomon ! cria Constance.

Il se débattit farouchement, mais sa longue chevelure présentait un inconvénient qu'il n'avait jamais remarqué : il offrait une bonne prise.

Il fut bientôt attaché à la table, à côté de sa sœur.

— Mon frère dit la vérité ! clama Constance. Au printemps, il a failli brûler toute l'école. C'est un savant fou. Les autres élèves l'appellent « le savant foutu ».

À cet instant, l'horloge météo afficha *17 h 05*.

— Ça y est, vos lettres sont en feu !

— Mais oui, c'est ça…, maugréa Holaderry.

Elle retourna à sa cuisinière et s'écria :

— Ah, regardez ce que vous m'avez fait faire ! J'ai trop cuit la sauce ! Il va falloir que j'aille chercher de la marjolaine fraîche.

Elle éteignit les brûleurs et sortit de la cuisine.

Les enfants l'entendirent monter l'escalier.

— Tu as réussi, Salomon ! Tu l'as eue ! Elle est partie vérifier sa chambre, c'est sûr.

— Oui, mais comment allons-nous nous libérer ? interrogea Salomon.

Constance remua en grognant :

— Je ne sais pas.

— Je suis désolé ; je n'ai pas pu nous sauver.

Salomon tourna la tête vers sa sœur jusqu'à ce que leurs nez se touchent presque :

— Tu sais, tu n'aurais pas dû coller un chewing-gum dans mon appareil de détection thermique. Tu as gâché ma vie.

Bien sûr, ce n'était pas le moment d'évoquer ce sujet, mais il n'avait pas pu s'en empêcher.

— Je regrette tellement, Salomon ! répondit Constance. Je n'ai pas réussi à t'avouer la vérité après ton exposé. Tu étais si triste ! C'était un tel fiasco ! Je me suis dit que tu ne me pardonnerais jamais.

— Tu avais raison, je ne suis pas certain de te pardonner un jour.

— Eh bien, tu ferais mieux de te décider vite, parce que je crois qu'il ne nous reste pas longtemps à vivre, fit remarquer Constance.

Elle s'interrompit un moment.

— Alors ? reprit-elle.

— Je ne suis pas sûr de pouvoir te pardonner, Constance. Pas sûr du tout.

Inutile de préciser que ces paroles ne réconfortèrent pas Constance. Mais, pour l'heure, l'important était de s'enfuir, songea-t-elle. Ils ne disposaient plus que d'une minute ou deux avant que Holaderry ne redescende. Peut-être était-elle réellement allée chercher des plantes aromatiques, après avoir trouvé sa chambre intacte. Cela leur donnerait un peu plus de temps.

Hélas, ils ne parvenaient pas à se défaire de leurs cordes.

— Constance, chuchota Salomon.

— Quoi ?

— Swift. Il est là.

La fillette tourna la seule partie de son corps qu'elle pouvait bouger — sa tête — et regarda dans la direction du chien. Allongé sur le sol, l'animal les observait. Il dressa l'oreille en entendant son nom.

— Swift, aide-nous ! appela Salomon.

Le chien fixa les enfants avec curiosité.

— Swift, s'il te plaît !

L'animal hésita, puis il se leva tant bien que mal et vint vers les enfants en trottant. Il lança ses pattes de devant sur la table et lécha le visage de Constance.

— Swift, un couteau ! ordonna Constance. Donne-nous un couteau !

Non, ce n'était pas le mot qu'il fallait employer, se souvint-elle.

— *Apporte* un couteau !

Aussitôt, Swift reposa ses pattes sur le sol. Il s'élança vers un coin de la cuisine, trouva sa balle et la remit à Constance, en remuant joyeusement la queue.

— Non, Swift, non ! s'écria la fillette. Pas la balle. Le couteau, là-bas.

Elle essaya de désigner l'objet en agitant la tête. Le chien comprit juste que la fillette ne voulait pas de la balle. Alors il la laissa tomber et rouler plus loin.

— Oui, c'est bien, Swift. Pas la balle. Le couteau. *Apporte* le couteau !

Swift regarda autour de lui. « Qu'y a-t-il donc à apporter, ici ? » paraissait-il se demander. Il partit en trottant, reniflant divers objets et jetant des coups d'œil à Constance de temps en temps pour voir s'il était sur la bonne voie.

— Comment dit-on « couteau » en allemand, Salomon ?

— Je ne sais pas.

Salomon restait aussi silencieux que possible. Le son d'une autre voix que celle de sa sœur risquait de perturber le chien.

« Tu peux y arriver, Constance », pensait-il de toutes ses forces.

Swift passa devant des placards remplis de plats et de vaisselle. Lorsqu'il arriva à la hauteur de la bande aimantée sur laquelle étaient fixés les couteaux et d'autres ustensiles en métal, Constance répéta :

— Le couteau ! C'est ça ! *Apporte* le couteau !

Swift observa Constance et parut comprendre, à son intonation, qu'il y avait là quelque chose qu'elle désirait.

Il commença à prendre dans sa gueule une paire de pinces à barbecue.

— Non, non, pas ça, Swift !

L'animal sut qu'il n'avait pas attrapé le bon objet. Il lâcha les pinces et tendit la patte vers autre chose.

— Oui, voilà. *Apporte !*

Swift avait posé les crocs sur le manche d'un grand couteau. Holaderry pouvait revenir d'un moment à l'autre.

— *APPORTE* ça *ICI*, Swift ! commanda la fillette, tout excitée.

Remuant la queue, Swift décolla le couteau de son support et alla vers les enfants. Il bondit sur la table, posa le couteau et dévisagea Constance l'air de demander : « C'est ça que tu voulais ? N'est-ce pas que je suis un bon chien ? »

— Vite, Salomon !

Constance attrapa le couteau par la lame et le passa à son frère, qui parvint à le prendre par le manche. Il se mit aussitôt à couper les cordes, tout en songeant que sa ruse avait permis d'éloigner la sorcière pendant un long moment. Hélas, s'il s'en aperçut, c'est justement parce qu'il entendait Holaderry descendre l'escalier. Il agita le couteau à toute vitesse.

Lorsque Holaderry entra dans la cuisine, Salomon et Constance s'étaient libérés.

— Non ! cria-t-elle.

Ces deux enfants, à la différence de tous ceux qui les avaient précédés, pouvaient la vaincre. Elle venait tout juste de s'en apercevoir.

Salomon attaqua le premier. Il s'avança vers la sorcière et lui donna un coup de poing dans l'estomac. Elle tomba sur les fesses. Constance s'empara de la casserole pleine de sauce brûlante et la versa sur la tête de Holaderry. La sorcière hurla. Bien vite, cependant, elle se releva et se campa, menaçante, devant les enfants. Elle faillit attraper Salomon. Cette femme était si vive ! Mais, cette fois-ci, le garçon fut le plus rapide.

— Le feu ! cria Constance.

Le foyer était juste derrière Holaderry. Salomon fonça de toutes ses forces sur sa voisine, qui bascula en arrière.

Au moment où son postérieur atterrit dans le feu, son regard exprima une surprise totale. De nouveau, elle hurla. Ensuite, on vit juste de la fumée s'élever doucement.

Salomon et Constance se précipitèrent hors de la pièce. Swift, qui avait aboyé furieusement pendant la bagarre — sans comprendre ce qui se passait —, courut avec eux dans le couloir. Mais il hésita à monter les marches sans sa maîtresse.

Salomon se souvint du dernier morceau de biscuit dans sa poche. Il le donna à Swift, qui s'empressa de l'avaler, avant de retourner dans la cuisine secrète.

— Nous devrions l'emmener avec nous, dit le garçon.

— Non, sa place est ici, objecta Constance. Quelqu'un le sauvera plus tard. Viens !

Salomon s'arrêta devant l'énorme vitrine. Son regard avait été attiré par la vieille canne qui gisait parmi l'étrange fatras. Une tête de canard était sculptée sur le pommeau.

— Cette canne ne te fait pas penser à quel-qu'un ? demanda-t-il à sa sœur.

— Si, absolument ! confirma Constance.

Le garçon ouvrit la vitrine et prit la canne. Les enfants gravirent alors les marches deux à deux, pénétrèrent dans la cuisine ensoleillée, et se précipitèrent hors de la maison de la sorcière, sûrs qu'ils l'avaient vaincue.

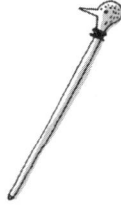

14. Les exceptions

Salomon et Constance Blink, chargés de sacs à dos, gravissaient péniblement une route qui serpentait au milieu des montagnes. Le garçon s'arrêta et sortit sa bouteille d'eau. Il en but une gorgée et la tendit à sa sœur, qui se désaltéra à son tour.

— Dis, Constance, si je mettais des glaçons dans cette bouteille, une fois qu'ils auraient fondu, penses-tu qu'il y aurait plus ou moins d'eau ?

La fillette rendit la bouteille à son frère.

— Il y en aurait autant, répondit-elle doucement.

— Tu veux parier ?

— Non, refusa Constance.

Elle ajusta la sangle de son sac et se remit à marcher.

— Tu ne me pardonneras jamais ? lui demanda-t-elle.

— Non, jamais. Mais cela ne veut pas dire que je ne t'aiderai pas et que je ne te protégerai pas.

— Je n'ai pas besoin de ta protection ! rétorqua la fillette. Attends un peu que ce soit toi qui fasses une grosse bêtise et qui veuilles qu'on te pardonne !

Salomon haussa les épaules. Il regarda la route derrière lui pour la centième fois.

— Le bus devrait bientôt arriver, prédit-il.

Ils avaient fait leurs sacs en vitesse et étaient partis de leur nouvel appartement sans laisser de mot. Salomon ignorait si M. et Mme Blink étaient rentrés pour constater que les enfants et la baby-sitter n'étaient pas là, ou s'ils n'étaient simplement jamais revenus. Mais cela n'avait pas d'importance. Le garçon était assez intelligent pour comprendre ce qui s'était réellement passé – du moins, en partie.

Il avait donc refermé la porte derrière lui sans aucun regret.

« Je ne dépendrai plus jamais de qui que ce soit, pas même de Constance, avait-il décidé. Je suis tout seul. »

Ce n'était pas vrai, bien sûr. Il n'était pas seul.

Constance et lui étaient allés au magasin d'animaux, pour demander de l'aide. La boutique était fermée. Toutefois, on avait ajouté quelques mots sur l'affiche annonçant le jeu de devinettes : *Trois énigmes résolues = un lot gagné ! Bonne chance à vous deux !* Les enfants étaient persuadés que ce message leur était destiné.

Salomon avait posé la canne contre la porte de la boutique. L'objet semblait être ici à sa place, bien plus que dans la maison de la sorcière. Il avait ensuite arraché une page de son cahier, sur laquelle il avait écrit : *Merci*, et tous deux avaient signé. Ils avaient coincé le papier entre la tête de canard sculptée et la porte.

En partant, ils avaient découvert qu'un bus dans le centre-ville allait vers l'ouest, au-delà des montagnes. Mais ils ne l'avaient pas attendu : il fallait s'enfuir le plus vite possible.

— Nous sortirons de la ville à pied et nous arrêterons le bus quand il arrivera à notre niveau, avait décrété Salomon.

Le frère et la sœur marchaient à présent sur la route qui les éloignait de Grand Creek. Le garçon avait tenu à emporter le journal intime de Holaderry, et il décida d'en lire un autre passage à sa sœur.

Bien entendu, de nombreux parents gardent leurs enfants.

C'est vrai.

Je me souviens de Mme Miro. C'était la femme la plus normale du monde, et elle aimait que tout ce qui l'entourait le soit également. Quand des enfants se comportaient mal en sa présence — s'ils étaient bruyants au cinéma ou s'ils couraient dans les allées du supermarché, par exemple —, elle les grondait, même devant leurs parents, et leur ordonnait de bien se tenir.

Elle épousa un homme aussi normal qu'elle, avec qui elle eut un fils et une fille. Cette dernière, la cadette, était très turbulente à l'école. Dès l'âge de six ans, elle se bagarrait. Un jour, après avoir vu des motards habillés tout en cuir, elle annonça que, désormais, elle ne porterait plus que ce type de vêtements. Elle se plaignait chaque fois qu'elle devait mettre des habits en coton.

De son côté, le fils voulait toujours se coucher tard. Chaque soir, il se lançait dans de longs discours pour se justifier :

— Ce matin, je me suis levé deux heures plus tard que d'habitude, alors je devrais avoir le droit de me coucher deux heures plus tard ce soir.

Il négociait tant qu'il aurait pu passer pour le meilleur marchand de tapis du monde.

— Juste une heure et demie plus tard, proposait-il à ses parents. OK, une heure. Bon, d'accord, une misérable demi-heure ; c'est vous qui avez gagné.

Lorsque ses parents refusaient en bloc, il s'allongeait par terre et criait :

— Je n'irai plus jamais au lit !

Ce scénario se reproduisait presque quotidiennement.

Mme Miro et son mari ne comprenaient pas comment des gens aussi normaux qu'eux pouvaient s'être retrouvés avec des enfants aussi bizarres. Ils les regardaient de la même façon que deux chiens qui auraient donné naissance à des chatons.

Il n'empêche qu'ils firent de leur mieux pour bien élever leurs enfants. Ils les réprimandaient souvent et les punissaient chaque fois qu'il le fallait. Je leur ai proposé plusieurs fois de les débarrasser de leurs curieux rejetons. Jamais ils n'ont accepté.

Tant pis, on ne peut pas gagner à tous les coups...

Salomon arrêta de lire, échangea avec sa sœur un regard chargé des souvenirs des derniers jours, et ferma le journal intime. Il le finirait plus tard. Il avait aussi l'intention de lire des ouvrages d'histoire, de sociologie et des romans. Il allait devoir racheter ses manuels scientifiques, puisqu'il n'avait pas pu les prendre avec lui. Excepté le traité de sa mère, bien entendu.

« Il y a beaucoup de questions auxquelles la science ne peut pas répondre », songeait Salomon.

Et il désirait tout savoir.

Il regarda encore la route derrière lui. Le bus n'allait pas tarder à arriver. Une tante de Salomon et Constance habitait à l'ouest des montagnes. Elle était gentille.

Sans doute accepterait-elle de les recueillir.

Constance, elle aussi, était perdue dans ses pensées. Existait-il beaucoup de familles comme la sienne ? se demandait-elle.

Les pins bordaient la route de chaque côté. La fillette écoutait chanter les oiseaux de la forêt. Elle respirait l'air frais. Elle était dans son élément. La nature.

Salomon posa son bras autour des épaules de Constance. Avancèrent ainsi pendant un moment ce frère et cette sœur qui s'étaient serré les coudes dans une si terrible épreuve.

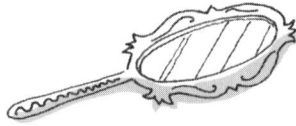

15. Assez vieille pour accepter les choses

Jeudi

La lumière du soleil franchissait les montagnes et entrait à flots par la fenêtre de la chambre. Holaderry se regardait dans le miroir. Délicatement, elle appliqua de la crème sur son visage, puis sur ses bras. Elle fronça les sourcils. Elle ne serait plus jamais pareille. Son corps était recouvert d'horribles cicatrices. Cependant, Holaderry avait vécu assez longtemps pour accepter son sort. Elle avait de la chance d'être en vie.

Tandis qu'elle était coincée dans le foyer, elle avait vu Swift prendre une corde sur une table et la lui apporter. Avec l'aide du chien, Holaderry avait réussi à sortir des flammes.

À présent, posté à l'entrée de la salle de bains, Swift l'observait d'un air anxieux. Depuis l'incident, il était beaucoup plus nerveux. Il ne lâchait plus sa maîtresse d'une semelle et montait la garde en permanence, sursautant au moindre bruit. Il suffisait qu'elle grogne ou qu'elle soupire pour qu'il coure vers elle.

Holaderry le vit dans le miroir et elle alla lui donner de petites tapes sur la tête.

— Ce n'est pas grave, assura-t-elle doucement. Tu ne savais pas ce que tu faisais.

Elle se pencha et le gratta derrière l'oreille :

— Bon, allons voir ce que nous avons pour le dîner. Je suppose que ce sera juste du thé et des gâteaux, ce soir. Mais demain est un autre jour... N'est-ce pas, Swift ?

Découvre d'autres livres de la collection

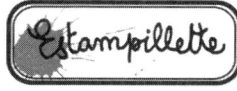

Mignus Wisard et le secret de la maison Tramblebone

de Ian Ogilvy – Illustré par Éric Héliot

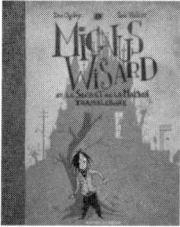

Mignus est orphelin. Il vit avec son tuteur, Basil Tramblebone, un sinistre personnage, dans une horrible maison isolée, qui suinte la crasse.

Cependant, le grenier abrite une véritable merveille : Basil y a construit un incroyable réseau de trains miniatures ! Autour du circuit, il a reproduit une ville dans ses moindres détails, peuplée de petits personnages en plastique qui paraissent presque vivants. Mais Mignus n'a pas le droit d'y toucher. Jusqu'au jour où le garçon, bravant l'interdiction, s'introduit dans le grenier en cachette.

Hélas, Basil le surprend, et sa colère est terrible :

« Le châtiment pour avoir joué avec mon circuit de trains sans ma permission, c'est que tu vas désormais jouer *dedans*, avec mon *entière* permission... »

Bébé Sorcière / Le sortilège des Sœurs Sifflette

de Debi Gliori

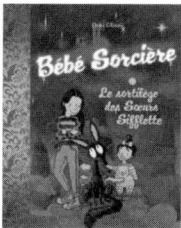

Les trois abominables Sœurs Sifflette, sorcières de leur état, n'ont qu'un désir : adopter un bébé. À cette fin, elles jettent secrètement un sort à une fillette qui vient de naître : Maggy. Seule Lily, la grande sœur, perce à jour les pouvoirs magiques de Maggy. Dès lors, la vie de Lily devient infernale ! Elle doit sans cesse surveiller Bébé Sorcière qui s'en donne à cœur joie avec ses pouvoirs... et déclenche des CATASTROPHES. Ainsi, Maggy fait apparaître son chien fantôme préféré, GaouGaou, qui sent **très très** mauvais... puis elle transforme Lily en limace ! Et ce n'est que le début des ENNUIS !!!

Un univers loufoque, un ton alerte et humoristique, des situations grotesques à souhait, servis par des illustrations super rigolotes.

Alice au Pays des Merveilles

de Lewis Carroll – illustré par Tony Ross

Un beau jour d'été, Alice paresse au soleil et s'ennuie aux côtés de sa sœur. Soudain, un lapin blanc passe tout près d'elle. Quelle n'est pas la surprise d'Alice lorsqu'elle le voit observer sa montre d'un air inquiet en marmonnant : « Oh là là ! Je vais être en retard ! » Intriguée, la fillette décide donc de le suivre. Elle tombe dans un terrier très profond… En bas l'attend le Pays des Merveilles. Un monde tantôt fascinant, tantôt inquiétant, où Alice fera plus d'une improbable rencontre !

Un texte classique revisité par un illustrateur de génie.

Les émerveillantes aventures des six frères du Petit Poucet

de Stéphane Servant – illustré par Thierry Martin

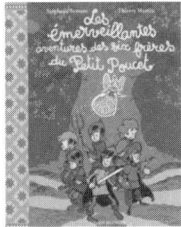

Au pays de Brocéliande…
La fée Viviane aimerait marier ses sept filles, Persévérante, Prudente, Loyale, Généreuse, Verveine, Pensive et Candide, à de jeunes gens dignes d'elles. Or, un jour, elle fait la rencontre du Petit Poucet, chaussé des bottes des Sept Lieues, qui lui parle de ses six frères : Pierrot, Tortognol, Rutiberge, Brindenier, Vaillantsonge et Studio. Après avoir vu leurs portraits, les jeunes filles confient à leur mère qu'elles souhaiteraient les épouser au plus vite. Mais, victimes d'un terrible sort, elles disparaissent.

Pour les libérer, leurs prétendants devront accomplir chacun un exploit : devenir roi, connaître la fleur qui parle, découvrir le secret de la porte d'émeraude, se sauver du pays des Jouets, connaître le secret des choses naturelles, ou trouver le moyen de rassembler cent mille écus d'or en explorant la planète Mars. Ainsi commencent les folles aventures des six frères du Petit Poucet !

Un conte plein de fantaisie, où l'on découvre enfin le destin du Petit Poucet et de ses frères.

Jimbal des îles

de Klaus Kordon – illustré par Nancy Peña

Jimbal n'est ni laide ni sotte, mais elle boite. Voilà pourquoi, depuis toujours, on la surnomme « Courte-Patte ». Trop rêveur et fainéant pour faire vivre sa famille, son père décide de la marier pour récupérer une dot. Mais Jimbal refuse obstinément tous les prétendants qu'il lui propose. D'ailleurs, elle a une bien meilleure idée. Le Calife n'a-t-il pas promis une forte récompense à qui délivrerait les Îles tristes de leur tristesse ? Elle n'a qu'à tenter sa chance !

Mais quand elle annonce qu'elle veut relever le défi, tout le monde lui rit au nez. Comment une jeune fille, boiteuse de surcroît, pourrait-elle venir à bout du monstre marin qui garde les Îles tristes ?

Pourtant, n'écoutant que son courage, Jimbal prend la mer sur une petite barque...

Un cirque dans une petite boîte

de Dina Sabitova – illustré par Nancy Peña

« Mesdames, mesdemoiselles, messieurs, entrez au cirque Carrouselli ! Venez admirer ses jongleurs, ses acrobates, ses chevaux, ses cl... »

Ses clowns ? Non, car le clown Pé est parti. Et un cirque sans clown, ce n'est plus vraiment un cirque. Le chapiteau du Carrouselli est à moitié vide ; sa caisse aussi. Les artistes ne peuvent même plus acheter d'éclairs à la crème pour la jument Adélaïde, de carottes fraîches pour l'âne Filipp ou de cigares pour le directeur.

Alors, la troupe décide de se rendre à la capitale : là-bas, il y a beaucoup d'enfants qui ont besoin de distractions, et peut-être un nouveau clown à engager... Or, pendant le voyage, les artistes découvrent qu'un jeune orphelin s'est joint à eux en douce. Il s'appelle Maric, il a neuf ans et deux passions : les mathématiques et le cirque ! Cherchant à se faire adopter par la troupe, le garçon s'efforce par tous les moyens de se rendre utile. Et s'il trouvait le clown qui manque au Carrouselli ?

Un texte coup de cœur, plein de poésie et de fantaisie.

Cendorine et les Dragons

de Patricia C. Wrede – illustré par Yves Besnier

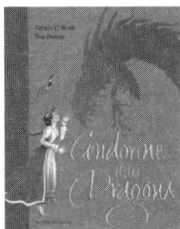

Vive et rebelle, Cendorine n'est pas une princesse comme les autres. L'escrime et la magie l'attirent plus que la danse et la broderie ! Pour échapper à un mariage arrangé, elle s'enfuit du royaume de Landor et devient princesse captive volontaire chez les dragons. Mais la vie n'est pas si tranquille dans la cité souterraine de ces monstres ! Et Cendorine se retrouve au cœur d'un complot mené par de dangereux sorciers...

Un conte moderne et impertinent.

Mark Logan

de Claire Paoletti – illustré par Diane Le Feyer

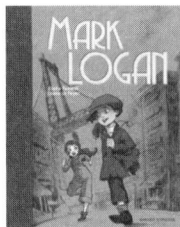

Il fait très froid, en ce mois d'avril 1912, dans le sud de l'Italie. Le gel a détruit le champ de citronniers de Paolo. Ruiné, celui-ci décide de partir avec son fils, Marcello, en Amérique, le pays où tout est possible !
Ils embarquent sur le *Musitania*. Or, pendant le voyage, une tempête éclate. Sous les yeux horrifiés de son fils, Paolo tombe dans les flots déchaînés... C'est donc seul que Marcello, rebaptisé Mark Logan, découvre New York au temps des premiers pas du cinéma muet.
Convaincu que son père est encore vivant, le garçon n'a qu'une idée en tête : le retrouver ! En compagnie d'Antonia, une petite fille qu'il a rencontrée sur le bateau, il se lance à sa recherche...

L'Espionne fonde son club

de Marie-Aude Murail – illustré par Frédéric Joos

Romarine a une vocation : plus tard, elle sera espionne. Et puisque la vie fourmille de mystères à éclaircir, elle va s'entraîner tout de suite !

Que mijotent Boubouillasse, sa sœur, et Noël, son frère, dans le secret de leur chambre ?

Quel peut bien être le prénom de la maîtresse ?

Que cache la vieille voisine dans ses cannes ?

Pour résoudre ces énigmes, Romarine met sa technique au point : gadgets, messages codés, tenues de camouflage…

Attention, l'Espionne enquête !

Voici Lola !

de Isabel Abedi – illustré par Isabelle Maroger

Dans la famille Veloso, il y a le papa brésilien, la maman infirmière, le grand-père qui confond le vert et le orange, la toute jeune grand-mère, et la mini-tante de quatre-vingts centimètres de haut. Et puis il y a Lola, neuf ans et demi, qui s'imagine être la célèbre chanteuse Jacky Jones quand elle n'arrive pas à s'endormir… Lola a tout pour être heureuse, sauf une meilleure amie. Mais dans sa nouvelle école, il y a Flora, qui sent très fort le poisson, et Annalisa, championne de corde à sauter et fan de Polly Pocket… Pas très rigolo, tout ça. Alors, quand la maîtresse propose à sa classe d'accrocher des messages à des ballons et de les lâcher dans le ciel, Lola a une idée : à côté de son nom et de son adresse, elle écrit : « Je souhaite trouver une meilleure amie. »

Quelques jours plus tard, elle reçoit une lettre glissée dans une bouteille…

Cet ouvrage a été mis en pages
par DV Arts Graphiques à La Rochelle

Imprimé par CPI Aubin Imprimeur
en janvier 2012

pour le compte des Éditions Bayard

Imprimé en France
N° d'impression : 1111.0710